# 福永武彦の詩学

# 福永武彦の詩学

山田兼士

水声社

# 目次

# 第一章　フランス文学者福永武彦の冒険——「マチネ・ポエティク」から『死の島』へ

## 1 「マチネ・ポエティク」の方法

敗戦後間もなく刊行された「マチネ・ポエティク」の三人の同人による評論集『１９４６・文学的考察』は、当時の文学的状況を知る上で大変重要な資料である。その中で福永武彦は、当時の日本文学の「貧困」の理由を単に戦争のせいにするのではなく、そもそも近代の日本に「文学」が存在したのだろうか、という厳しく根本的な問いから出発し、次いで、日本には「文士」ばかりがいて「文学者」がいないとか、文学に不可欠な「人間」を描いた作品がないとか、身辺雑記的な「私小説」ばかりで本格的な「ロマン」が存在しない、といった、いささか性急な近代文学批判を繰り広げている。福永のラディカルな批判の中でも、特に、作家たちの不勉強、とりわけ「外国語」についての不勉強を指摘している部分に注目したい。「真に原書に就いて外国の文学を研究し、これを彼等自身の文学と比較しようと」することをなぜ文学者たちが怠ったか。その理由は「つまり読めなかったのだ」とした上で、福永は次のように書いている。

こんな悲しい、不思議なことが日本では、――文化的に遥かに後進國であり、勉強を重ねなければ追ひつくことの出來ない日本では、當然事になつてゐる。言葉の錬金術師である筈の者が、一つの外國語をもマスタア出來ないで、將棊を差したり、カフエに入り浸つたり、禊をしたりしながら、小説が書けると信じてゐたのだ。

いかにも挑発的な物言いだが、当時の日本文学の破産がそれほど深刻だったことと、戦後文学のことごとくがまずは欧米文学の再摂取から出発せざるを得なかった事情を、念頭に置かなければならない。福永が日本文学には「人間」が描かれていない、と言う時の「人間」とは客観的な相の下に描き出された人間像のことであり、言い換えれば「他者としての自己」の謂だろう。これが描かれない限りは本格的な「ロマン」も芸術としての「ポエジー」もあり得ない、ということだ。外国語を勉強する、というのはほかならない「他者としての自己」を確立する最も有効な方法だという意味である。

昭和文学を代表する長篇『死の島』を書いた福永武彦は、小説家であると同時に詩人であり、またフランス文学者でもあった。戦後まもなく中村真一郎らと共に刊行した押韻定型による『マチネ・ポエティク詩集』は、まさに「外国語としての日本語」による「他者としての自己」表現を試みたものだが、刊行当時ほとんど評価されなかった。わずかに、全面否定に近い三好達治の批評があったぐらいである。だが、この運動を軽視できないものとして注目した詩人もいた。「短歌的抒情の否定」を提唱した小野十三郎は、「マチネ・ポエティク」が「古い韻文精神との闘争」を回避してはいるものの「感覚的に反発」していると指摘し、「批評家的な素質と才能」を評価した上で、「一つの強靭な意志を見るべきだろう」と結論付けている。[1] 小野の持論である「批評としてのリズム」の論脈にここでは深入りしないが、「マチネ・ポエティク」再評価のためにこの観点は示唆的なもの、と指摘しておこう。

福永武彦の定型押韻詩とは、例えば次のようなものである。

**火の島**　ただひとりの少女に

死の馬車のゆらぎ行く日はめぐる
旅のはて　いにしへの美に通ひ
花の香料と夜とは眠る
不可思議な遠い風土の憩ひ

漆黒の森は無窮をとざし

夢をこえ樹樹はみどりを歌ふ
約束を染める微笑の日射
この生の長いわだちを洗ふ

明星のしるす時劫を離れ
忘却の灰よしづかにくだれ
幾たびの夏のこよみの上に

火の島に燃える夕べは馨り
あこがれの幸《さち》をささやく小鳥
暮れのこる空に羽むれるまでに　(1943)

十四行すべてが十五音だが、一行目と二行目は「5・5・5」、三行目は「3・5・5・7」、四行目以降はいずれも「5・3・7」と、各行の内部で微妙に変化を付けていることがわかる。特に四行目以降は「5・7」の間に三音を挟むことによって、「歌いながす」ことのできない新しいリズムを構成している。韻について言えば、いわゆる完全押韻によるソネット形式で、各行の最終音節に加えてその前の母音をも揃えていることがわかる。「めぐる」と「眠る」の「uru」、「通い」と「憩い」の「oi」などだ。ついでに加えれば、福永の最初期の詩篇「火の島」が最後の長篇小説『死の島』と韻を踏んでいるのは興味深い。周知のように『死の島』は「広島」とも韻を踏む。一九四三年に「火の島」を書いた福永は終生この韻にとりつかれていたかのようだ。勿論、最初は偶然の一致だっただろう。が、自らの作品に極めて意識的だった福永がその偶然の一致に無自覚だったとは考えられない。とすれば、この韻律こそ福永に終生つきまとったオブセッションだったのかもしれない。

ところでこの詩は、定型押韻ということを抜きにしてもかなりの秀作ではないだろうか。洗練された色彩と運動と感覚の表現等は、象徴詩として秀逸な出来映えである。どうやらこの「マチネ」詩篇のいわゆる読みづらさとは、難解な語彙や複雑な構造のためではなさそうだ。脚韻のために倒置や体言止めが多用されているが、そうした技巧はなにも押韻詩に限ったものではない。三好達治は日本語の述語表現の単調さを指摘した上で、脚韻を踏むとどうしても退屈になってしまう、と批判しているのだが[2]、その際に三好が挙げたのは福永作品ではない。少なくとも福永のこの詩篇に限って言えば、例えば第二連の「とざし」と「日射」、第四連の「馨り」と「小鳥」などは動詞と名詞で脚韻を整えることによって、述語表現の単調さを免れている。

ところが、こうした技法はまた、別の問題を引き起こすことになる。体言止めの行は助詞を省略するために、次の行への繋がりが曖昧になってしまうのだ。一読して何かつかえるように感じるのはそのためだろう。勿論よく読めばわかる。つまり、外国語の構文を把握するように、前後の文脈を理解して構文を捉えれば理解できる。このように、構文把握の努力を読者に強いる書き方もまた、「外国語としての日本語」らしさの一つだろう。実際、この詩はまるで翻訳詩のようである。福永はこの方法をフランス詩から学んだのだろうし、ボードレールを翻訳する際に日本語（＝自己）をフランス語（＝他者）のように扱う方法を試みたはずだ。福永訳によるボードレール詩には、音数は定型ではないもののマチネ・ポエティク風の押韻詩が多く含まれている。福永訳『悪の華』の中で、特に「万物照応《コレスポンダンス》」等ソネット形式の短い作品や「旅への誘い」のように「歌」の要素の強い作品の翻訳では、たいてい押韻訳が用いられている。ちなみに、福永の訳詩集『象牙集』には『悪の華』から二十二篇が収められているが、その大半は押韻訳である。

## 2 『風土』と「塔」、そして「冥府」へ

福永は「マチネ・ポエティク」で培った「外国語としての日本語」を用いて、様々な言語実験による前衛小説を書き始める。他方、フランス文学者としての彼の主な業績はボードレールの翻訳と研究であり、そこでは詩的言語の探求が継続されていた。詩の富を小説に奪う方法が「外国語としての日本語」だった、とも言えるだろう。その主な動機は、本格的な「ロマン」実現のための芸術観の確立、特に「音楽」的要素の文学への導入にあった。

福永の「音楽小説」については既に多くの研究があり、私自身本書の中で論じてもいる[3]ので、ここではその一端に触れるだけにする。福永がボードレールから抽出した「音楽」の概念を見てみよう。

> ボードレールは、外界の物たちを内部世界に於て詩に定着するため外界から取り入れて来る時、「匂」も「色」も「お前の眼」も「秋の空」も「花々」も、すべて音楽に、或は原音楽的なもの〔……〕に、還元した。
>
> (『ボードレールの世界』)

ボードレールの「万物照応 correspondance」の詩学を、福永はこのように要約している。あらゆる感覚の根源に「原音楽」という理念を想定して、いわば演繹的に音楽を活用しようという発想である。福永はこの演繹法によって自らの文学を「音楽」化しようとした。例えば、最初の長篇小説『風土』は、ベートーヴェンの「月光ソナタ」の書式を用いて「音楽小説」の実現を企てたものだ。『風土』についてもやはり本書で論じていくのでここでは詳述しないが、「生」と「死」の葛藤という主題を「月光ソナタ」の引用と活用によってみごとに「音楽化」している、とだけ記しておこう。福永の「原音楽」の理念と「音楽的構成」の方法をよく示した作品である。ここでは、一つの音楽が「他者としての自己」すなわち「人間」をみごとに描き出している、と言えるだろう。

初期のもう一つの作品、短篇「塔」にも少し触れておきたい。これについても後章で詳しく論じていく[4]ので、ここでは対立する二つの「原音楽」の紹介に止めておく。作品冒頭と最後に繰り返される「七つの銀の鍵束」の金属音である(1)「痛ましい金切声」と、遠い幼年の日のアルカディアの音楽である(2)「歌」である。

(1)

眠れ眠れ輪の中で
金の小蜂野をめぐり
風は軽く草をゆり
草に花は開くまで

(2)

僕は僕の身体が、速く速く闇の中を落ちて行く音を聞いた。それは昔僕が塔の階《きざはし》の途中で躓いた時、七つの銀の鍵束が鋭く空気を切って落ちて行く時の音に似ていた。僕は鍵束のように落ちた。それは僕の死だった。

幼年期の楽園を暗示する歌(1)が六・五のリズムによるマチネ・ポエティク風の定型詩であるのに対して、未知の神秘を開く「鍵束」の金属音(2)は不吉な不協和音を奏でている。この物語は主人公が遍歴の後に「死」を迎える悲劇だが、「原音楽」による作品構成の美しさが芸術上の価値を高めていると言える。ここでもまた、音楽が「人間」を、つまり「他者としての自己」を描いているのである。

福永はその文学的出発において、ボードレールの「万物照応《コレスポンダンス》の詩学」から抽出した「原音楽」を武器に、音楽小説実現への冒険に出発した。福永の小説は極めて「詩」と深い関係において書かれたものなのだが、その最初の動機は詩の言語による小説への欲求だった。「塔」の結末を引き継ぐ「冥府」の冒頭を見てみよう。

僕は既に死んだ人間だ。これは比喩的に言うのでも、寓意的に言うのでもない。僕は既に死んだ。地上に於ける僕の生命の期限は切れた。僕の心臓は鼓動を止め、呼吸は絶え、僕の目蓋は誰か親切な人間の手で閉じられた。

ここで「僕」は生者に対する死者として、つまり「他者」として自分を語っている。実際、この作品は「冥府」という単調にして陰鬱な死者の世界の物語になっている。この「冥府」という題もやはり、ボードレールの言葉から取られたものだ（『悪の華』の表題原案の一つが「冥府」だった）。この作品についても後章で論じていくので(5)、ここでは概略のみを記しておく。

「冥府」の主人公がさまよう街の風景は、ボードレールが〈憂愁 spleen〉を主題とする作品群、とりわけ散文詩「人はみな幻想《シメール》を」（福永訳）に描出した「憂愁に満ちた spleenétique 円天井の下」の風景に一致している。情景描写のことごとくが spleenétique な色彩に染められているのである。「人はみな幻想《シメール》を」の「私」は「幻想＝噴火獣《シメール》」に圧し潰されながら歩いて行く群集に質問を発するが、答はついに返ってこない。小説「冥府」でも同様に、「何等かの観念に追い詰められた動物のように」背を屈めて歩く群集は「僕」の疑問に答えてくれない。ただし、「冥府」に見られる「憂愁に満ちた」情景は、あくまで主人公の気分あるいは気質のメタファーに止まるものであり、それが分析的抽象的に描かれる場合にも一つの理念や思想にまで高められることはない。「人はみな幻想《シメール》を」では「私」が群集から離れた観照者の立場を守っているのに対し、「冥府」の「僕」が直ちに群集の一人と化してしまうのも、〈憂愁〉が前者においては一つの理念であるのに対し、後者においては気質や気分にほかならないためだ。福永は、ボードレールが描き出した〈憂愁〉の風景の中に己自身を投げ入れることによって、自らを〈憂愁〉の風景そのものと化している。

勿論、ここで言う「己自身」とは作者自身ではない。作者が己の意識の一部として意識的に生み出した一つの「他者」のことである。後に作者自身が「「草の花」が主人公に作者自身のしっぽをつけていたのに対して、ここでは主人公は作者から独立し、謂わば主人公の住む世界の雰囲気が作者の心的状態を抽象的な模様として写し取っているような構図を取った」（新潮社版『全集』第三巻「序」）と書いているように、福永はここで初めて、「僕」を「他者」の位相で描く方法を確立した。『夜の三部作』では、「冥府」の「僕」も「深淵」の「わたし」「己《おれ》」も「夜の時間」の「不破」「奥村」も、作者の「対象化された自己＝他者」の役割を演じる人物像として造形されている。

いずれの場合にも、福永の自己意識はボードレールの〈憂愁の精神〉から出発しながら、独自の展開によって〈憂愁〉そのものを演じる数々の人物像へと化身していったと言えるだろう。「冥府」の人物造形は、次の「深淵」の登場人物とともに、福永文学にとって画期的なできごとだったと言わなければならない。というのも、これは福永にとって『1946・文学的考察』で宣言した、「人間」を描く方法の実現でもあったからだ。

## 3 「深淵」とロートレアモン

「冥府」と同じく『夜の三部作』に収録された「深淵」を読解するためには、ボードレールと並んで福永文学に、密かに、だが決定的な影響を及ぼした、もう一人の詩人に触れなければならない。福永の学生時代の愛読書が『マルドロールの歌』であったことは、彼の卒業論文がロートレアモン論だったことから推察できるが、福永の批評の中にロートレアモン論はごく僅かしかない。翻訳も、公にされたものに限って言えば、僅かな抄訳（一九四〇年に雑誌発表され一九六五年訳詩集『象牙集』に収録されたⅠ－9（第一の歌第九詩節、以下同様に略記）、Ⅱ－7、Ⅱ－10、Ⅲ－1、Ⅲ－5の計五詩節）しかない。また福永の小説世界を辿ってみても、主題やモチーフにおける直接の影響関係は、一見したところあまり見られない。当然、今日まで著されている少なからぬ福永論の中にも、ロートレアモンの影響を論じたものは殆どない。では、福永にとってロートレアモンとは青春期の愛読書にすぎなかったのか。おそらくそうではない。ロートレアモンは、福永文学の水脈において不可欠な伏流水のごときものだった。その影響は、一見して明らかな主題やモチーフにではなく、福永文学の内部に沈潜した前衛的方法に及んでいた。その方法とは、エクリチュールの運動を明確に意識した、非線状的または螺旋的時間構造から成る小説世界の構築のことだ。西欧現代小説の最も先鋭的な小説の方法を、福永は、プルーストやジョイスといった小説家からでなく、ロートレアモン体験の中から直接つかみ取った。

この点を考察する前に、福永自身がロートレアモンからの影響を明言している唯一の作品「深淵」を見ておきたい。『夜の三部作』の初版序文で福永は「深淵」について、「私はロートレアモンを愛読したことがあり、それがこの小説の中に少しばかり影を落しているかもしれない」と述べている。福永が自ら認めたロートレアモンの影響とは何だったのか。「深淵」の主人公に注目して考えてみよう。

「深淵」は、徹底した悪に身を委ねる野蛮な中年の男と「聖女」と呼ばれる敬虔なクリスチャンの女性との、それぞれに独立した一人称の語りを交互に組み合わせることによって成立している。そのうち「己《おれ》」と自称する男のキャラクターは、まさにロートレアモンから福永への主題の移植を思わせる。

己《おれ》は飢《うえ》というものが、己の中に生きている別の生きものであることを知っている。渇きというものも知っている。それは覚えたというのとはまるで別だ。それは己が生れた時から己の中に住んでいたのだ。生れた時から、己はいつだって飢えていたし渇いていた。

生来の「飢」に苛まれ「飢」から逃れるためにあらゆる手段を弄してきたこの男は、福永の作品では珍しい荒ぶる男であり、悪の意識の権化と呼ぶべき存在だが、この人物の造形には明らかにロートレアモンからの影響が見られる。というのも、福永はマルドロールを「絶望からの逃走者」と定義し、次のように書いているからだ。

ここに於てマルドロオルは常に目覚めている者、——絶望者である。彼は自分に与えられた条件から逃れることはできぬ。嫌悪に充ちた世界から、そしてまた嫌悪に充ちた自己から、逃れ出ようとするが、そのような逃亡の意識は常に彼を一つの絶望から他の絶望へと駆り立てるのみである。

（「ロオトレアモン『マルドロオルの歌』」）

福永にとってマルドロールとは、まず何よりも世界から、そして自分自身から絶えず逃れようとし続ける「絶望者」のことだ。マルドロールと「己」の間には、「悪」を前提とする強烈な反宗教的感情を身に付けている、という共通項が見出されるだろう。

人はパンのみにて生くる者に非ず。お前はそう言った。笑わせる。己なんか生れた時から荒野に住んでいたのだ。試みられた者よりも試みた者の方が一層飢えていなかったと、どうして言うことが出来るか。お前はその男が飢えていたと言ったが、己は悪魔の方が一層飢えていたと思うのだ。自分から進んで断食した者よりも、否應なしに飢えさせられてしまった者の方が、己には親しい。己はいつでも飢えさせられた。

あまりに露骨な反宗教感情であり、あまりに素朴な無神論である。ここで福永が造形しようとしたのは、まさに露骨で素朴な生活者の水準での「悪」なのだ。この無神論者は「聖女」のごとき女性への欲望とその達成によって、かえってより深く絶望を認識することになる。

しかし飢えているお前は美しい。苦しんでいるお前は美しい。己は単純な人間だ。己にはお前が分らない。〔……〕お前は己の飢だ。

「飢」とは肉体的なものだけでなく精神的なものでもあることを「己」が悟った瞬間である。どれほど素朴なものであるにせよ、「己」はこのとき一つの思想を手に入れた。福永は、マルドロールをドストエフスキー『悪霊』のスタヴローギンに匹敵する人物として描いているが、福永にとってマルドロールとは、何よりも「悪」の思想の実践者としてあった。人間とはまず「悪」によって存在するものだという認識は、おそらく彼自身の病気体験と戦争体験に根差している。青春期の戦争、二十七歳で迎えた敗戦、戦後の結核闘病体験などから、「死者の眼差し」で生を見詰める習癖を身に付けた福永にとって、「死」とその恐怖から成る「悪」は最も切実な主題だった。この認識はまた、戦後になって知ることになった広島の惨劇と、核戦争の恐怖によってさらに深められることになる。

後に『死の島』の「作者の言葉」で、「原爆という私らしからぬ社会的問題を、重要な主題の一つとして扱っている。なぜならばそれは日本人にとっての魂の問題と結びつくからである」と書いているように、原爆という「社会的問題」はあくまでも「魂の問題として」——作家の内面の問題として——「悪」の主題に結びつくものだった。「深淵」の主人公「己」には、生への絶望を前提としなければならなかった福永文学の原点が見出されるのである。

## 4 『死の島』の詩学

福永文学における「悪」の主題をさらに考えるために、再び彼のロートレアモン論から引用してみよう。

マルドロオルは善を知らないわけではない。しかし生きるために本能的に悪を求める以上、行為は常に善悪の彼岸にある。ただ彼が自分の罪業を省みる時に、その言葉は苦い。「悲しい哉、善と悪とは何の謂だろう。それは同じものではないのだろうか、同じである故に己達が激昂して己達の無能力をつい説明してしまうような。また同じであるが故に、どんなばかげた方法を使っても無限にまで届こうとする人間の情熱とやらを、つい説明してしまうような。それとも善悪とは、二つの全く別のものなのか。そうだ、それは寧ろ一つの同じものであってほしい……。」(I, 6) このような言葉の中には、ドストエフスキイが『悪霊』の中で、スタヴロオギンの「告白」に述べた思想と極めて似つかわしいものが感じられる。

マルドロールが少年を虐待した後で懐柔する、第一の歌第六詩節の思弁的一節に、福永はスタヴローギンの告白を読み取っている。このような悪魔的思想家のイメージが福永の「悪」の造形に「影を落し」ていたことは疑いない。「深淵」と同じ『夜の三部作』に含まれる「夜の時間」の奥村次郎などは、さらにスタヴローギン的なキャラクターと言えるのだが、ここでは『死の島』に注目し、「絶望者」であるが故に「悪」に身を委ねるしかない人物、福永文学における「悪」の本質を見事に体現している「或る男」に注目したい。

『死の島』をまず内容に即して要約するなら、広島の原爆という大きな主題を扱いつつ、これに小説家志望の青年と被爆体験をもつ女性との微妙な恋愛を重ねることによって、愛、孤独、芸術、死といった福永文学の主題を集大成した作品、ということになるだろう。また形式については、作者自身が「一つの現実を、作者と作中人物との意識を通して、魔術的に変貌させてみたい」(「死の島」予告(二))と述べているように、様々な実験的手法によって複数の筋と主題を絡めた意欲作である。

『死の島』は、相馬鼎という作家志望の青年が見た水爆炸裂後の「悪夢」の章に始まり、作家としての覚醒を示す「目覚め」の章で終わる。悪夢から覚めた相馬が、二人の女友達、萌木素子と相見綾子の自殺の知らせを受けて広島に向かう二十四時間が作品の基軸である。この間に過去の回想が一見無秩序な配列で挿まれていく。これに加えて、原爆の被爆者である萌木素子の告白「内部」の章が(これもまた現在と過去が入り組んだかたちで)随時挿入され、さらに「或る男」と呼ばれる結婚詐欺師の一日が独白のかたちで挿入されていく。また、相馬が二人の女友達をモデルに書きつつある三つの小説も随時挿まれている。以上七つの物語が巧妙に組み合わされて物語は進行していく。ここではまず「或る男」のキャラクターに注目して、この小説の主題である「悪」の意識を探ってみたい。

「深淵」の主人公と同様に、「或る男」もまた、生への絶望を根源にもち、絶えず「飢」から逃げ続ける存在だ。「いつでも何かから逃げることで生きて来た」と言い、「何から逃げ出しているのか、そんなことは分らない」とうそぶくこの男のイメージには、『マルドロールの歌』の次のようなフレーズが影を落としてはいないだろうか。

人生のうちには、髪をシラミだらけにした人間が目を据えて、黄褐色の眼差しを空中の緑の膜に投げる、そんな時がある。というのも、自分の前で亡霊の皮肉な罵声が聞こえるような気がするからだ。彼はよろめき頭を垂れる。聞こえたのは良心の声だ。そこで彼は狂ったような速さで家を飛び出し、呆然とした目に止まった行きあたりばったりの方角に向かって、田園のごつごつした平原を猛然と突っ走っていく。

（Ⅱ－15）

勿論、「或る男」はこのような突然の激情に駆られて逃走するのではない。彼が逃げ出すのはいつも次に行く場所を準備してからのことだ。だがそれは、彼が長年の間たえず逃げ続けてきたため、逃げることがすっかり習慣と化しているためである。だから彼は、「狂ったような速さで家を飛び出し」たりはせず、準備万端整えた上で「一つの寂しさから他の寂しさへと逃げて」行く。だが、逃走に関する彼の原記憶は、実は次のようなものだった。

泣いている己の側に母親もしゃがみ込んでしきりに己をあやしていた、その切迫したような、喘ぐような声を聞いているうちに己は何だか恐ろしくなり、そして母親もまた何かを恐れ、一刻も早く出掛けよう、そこから遠ざかろうとしていたのだ。

（「或る男の午前」）

何物とも知れぬ薄気味悪い恐怖を湛えて突然の逃走を促す、この「切迫したような、喘ぐような声」は、まさに「亡霊の皮肉な罵声」ではないだろうか。「どんなに泣いても笑っても無明の海を漂っているばかり」（「或る男の午後」）と言い、「己は母親が死んだ時に一緒に死んでしまい、真の生活というものをその時からなくしてしまい、地獄にも堕ちずにこうして中有《ちゅうう》に漂っているばかりだ」（同右）と独白するこの男は、もともと「絶望からの逃走者」にほかならない、という点において福永のマルドロール像にぴったり重なる。「或る男」はマルドロール的「絶望者」を原形とし、そこに小説的リアリティを加えることによって、絶望の日常化を体現した人物として造形されたのだ。

　この日常的ニヒリストの独白は、さらに『死の島』のもう一人の「絶望者」である萌木素子の独白と相俟って、真にロートレアモン的な「悪」の問題を提出することになる。原爆の被害者である萌木素子は、彼女が「それ」と呼ぶ虚無の意識に取り憑かれている。被爆直後の凄惨な状況下に人が次々と「物」と化していく情景を目撃した素子は、昭和二十九年の現在もなお「それ」の脅威に怯えている。彼女が描いた「島」という絵は、相馬によってベックリンの「死の島」に比べられるのだが、彼女自身は次のように呟くしかない。

　　わたしの絵は傑作でも何でもなかった。それはただの物だった。物がカンヴァスの上に寝ていただけだった。その絵の上にわたしの魂があるなどと、あなたは『島』を見て言った。そこにあったのは魂ではなく、物にすぎなかった。そして或る意味であなたの言ったことは正しかった。わたしの魂は物だったのだ。それに食い荒らされた物としてしか、わたしの魂は存在していなかったのだ。

（「内部　D」）

自らの魂を「物」としか感じられないという独白は、マルドロールの「第四の歌を始めようとしているのは人か石か木なのだ」（Ⅳ－1）という呟きや、「ぼくはあいかわらず玄武岩のように生きている！」（同）という叫びと似てはいないだろうか。だが、マルドロールの超人志向とは反対に、萌木素子の「物」としての自己認識はついに人間以下の存在へと自らを貶めることにしかならない。なぜなら、彼女にとって人間としての生命は広島の原爆で決定的に損なわれてしまったからだ。「内部」の章は次のように始まる。

いつそれが始まったのかわたしは知らない。それはいつでもそこにあった。わたしの内部に、わたしの中のどこか奥深いところに、病根のように根を張ってわたしというものを腐らせていた。わたしはそれを恐れていたし、それが内部に存在していることを認めたくはなかった。しかし認めたくないというそのことの中に、確実に、それは隠れ場所を見つけ出してわたしの生を食いちぎっていたのだ。

（「内部　A」）

「深淵」の「己」を苛む「飢」や「或る男」につきまとう虚無と同様に、萌木素子の「それ」もまた、彼女自身の存在と分かちがたい根源的な「悪」として描かれる。だが「己」や「或る男」とは反対に、萌木素子は「それ」から逃げる術を知らず、むしろ進んでその侵食に身を委ね、最後には自ら死に直進していく。「或る男」は絶望から逃走するが、萌木素子は絶望に向かって前進するのである。

ところで、『マルドロールの歌』では、マルドロールの数々の友人が現れるのだが、マルドロールは彼らに愛情を覚えながらも、自らは「絶望からの逃走者」であるが故に孤独に戻っていくしかない。これらマルドロールの友人たちと同様に、相見綾子もまた萌木素子を愛し、素子も最後にこの愛に答える。ただ、素子は「絶望からの逃走者」ではなく、逆に、絶望への前進者であるために、この愛は一つの極限へ、つまり心中というかたちでの生の完結へとなだれ込んでいくことになる。素子と綾子が広島で毒を飲み、一方が既に死に、他方が生死をさまよっているちょうどその頃、東京では「或る男」が大雪に呑まれて凍え死ぬ。彼は二人の女のうちどちらか一方と、あるいは両方と（そうと知らぬままに）心中を果すのだ。三人の絶望者による愛と死のトライアングルがこうして完成する。

萌木素子の「内部」の章の回想場面にはしばしば太陽が描写されるが、実際には真っ赤に燃えていたはずの太陽が、物語の結末近く、断末魔の様相を呈するかのように、白く凍り付く様子が描かれる。

彼女ハ太陽ヲジット見詰メテイタ。不思議ナコトニソノ太陽ハチットモ赤クナカッタ。アラユル色彩ガ混合シテ白ク見エルヨウニ、高温ニ達シタ火焔ガ白ク光ルヨウニ、異様ナホド真白ナ太陽ダッタ。〔……〕コノ太陽ハワタシノモノダ、ト彼女ハ呟イタ。オ前ハワタシノモノダ、ト太陽ハ叫ンダ。ソシテ凍ッタ白イ太陽ハ轟クヨウナ笑イ声ヲ立テタ。

わたしは自分の蒲団に横になり、綾ちゃんは隣の蒲団に横になった。もう何もすることはなかった。

さよなら、とわたしは言った。

さよなら、と綾ちゃんは言った。

わたしのもの、とそれは言った。

回想部分を示す片仮名表記のところで萌木素子は三人称で示され、現在の独白である平仮名の部分では一人称で示されている。ここで重要なのは、過去と現在がシンクロするかたちで一つの終局を描いていることだ。過去の場面で「白イ太陽」が「オ前ハ私ノモノダ」と叫んだ時、現在の「それ」もまた萌木素子のすべてを侵食する。過去における魂の死が現在における肉体の死と一致するのである。このような複数の人称の併用による過去と現在の共鳴もまた、福永がロートレアモンから抽出した方法によるものである。

毎夜、ぼくは翼をいっぱいに広げ、今にも消えそうな記憶の中に入り込み、ファルメールの思い出を呼び起こしたものだ……毎夜。〔……〕彼は十四歳で、ぼくは一つだけ年上だった。〔……〕それに、ぼくく自身なのだ、ぼくの青春の物語を語ったり、後悔が心に染み込んでくるのを感じたりしながら……ぼく自身なのだ。ぼくの思い違いでさえなければ……ぼく自身なのだ、語っているのは。ぼくは一つだけ年上だった。〔……〕じっさい、ぼくは、以後容赦ないものになった良心をもって、遠くに逃げ出した。彼は十四歳だった。〔……〕毎夜。栄光を渇望する一人の青年が、とある六階の部屋で、仕事机にかがみこんで、真夜中の静まりかえった時刻に、何のものだかわからない微かな音を耳にして、瞑想と埃っぽい原稿とで重たくなった頭を、四方八方にめぐらせてみる。〔……〕とある六階の部屋で。栄光を渇望する一人の青年が何のものだかわからない微かな音を耳にするのと同じように、ぼくは調べのよい声が耳元でささやくのを聞く。「マルドロール！」と。（Ⅳ－8）

「栄光を渇望する一人の青年が」原稿を前に瞑想に耽る現在の姿と、少年を殺戮した過去のイメージとを交錯させて、しかも一人称と三人称を交互に使い分けて描くこの場面にこそ、ロートレアモンのエクリチュールの力学、つまり歌と物語が螺旋状に同時進行する散文＝詩の運動が最もよく表れているのだが、これと同様の力学が『死の島』の先ほどの場面にも働いている。つまり、複数のディスクールが同時に別の旋律を奏でながら、全体としてポリフォニックな音楽を構成する、散文＝詩の運動が両者を方法論的に結び付けている、ということだ。福永は、このようなエクリチュールの力学を小説の方法として『死の島』に用いた。このような書法は、小説の最後で主人公が作家として覚醒する場面にも表れている。「マルドロール」の第五の歌までが「小説の発見」のための実験であったことは第六の歌第一詩節に宣言されている通りだが、『死の島』もまた同様の意味においての「小説の発見」までの物語なのである。

二人の女友達の（どちらか一方のまたは両方の）死に出会うまでの相馬は、シベリウスの音楽やベックリンの絵画などから着想を得て小説の習作を書く、未熟な文学青年にすぎなかった。だが、彼が書くべき真の小説はそんなものではなかった。では、彼の真の小説とは何だったのか。それこそが「或る男」の章と「内部」の章に描かれる絶望者の物語にほかならない。魂の根源に「悪」を抱いた「或る男」と萌木素子の「内部」だけは、死の体験を経ないではどうしても書けなかったのである。「内部」の章で萌木素子がしばしば呟く「馬鹿な人、相馬さん」というリフレインは、覚醒する前の相馬の限界を表している。だが、この物語の末尾、他者の死を体験した彼は、ついに作家としてまた人間として覚醒し、「死そのものを行為化する」文学を決意する。

ところで、「マルドロール」の第五の歌最終詩節（V‐7）は、毎夜吸血蜘蛛に血を吸われ続けてきたマルドロールが、ついに悪夢から覚醒する場面を描いている。まるでここまでの「歌」全体が一続きの悪夢であったかのような叙述である。

窓のよろい戸を開ける。縁に寄りかかった。月が彼の胸に恍惚たる光の円錐を降りそそいで、えもいわれず甘美な銀の原子がシャク蛾のようにきらめくのを、じっと見つめている。夜明けの薄明がやってきて舞台をがらりと転換し、彼の動転した心にほんのわずかな安らぎでももたらしてくれるように待っているのだ。

この後、「歌」は第六の歌の小説宣言へと続くわけだが、「歌」の呪縛の終わりが「小説」の始まりである、という展開は、ちょうど死から生への転換でもあるかのように、第六の歌におけるダイナミックな物語世界へと続いていく。これと同様に、相馬もまた、物語の末尾で悪夢めいた現実を体験し、真の生に目覚めることになる。しばしば議論の的になる三つの「朝」の章――「朝」では萌木素子だけが死に、「別の朝」では相見綾子だけが死に、「更に別の朝」では二人とも死ぬ――という、物語としては破格の終焉もまた、生と死の意識を徹底して強化する方法の一環なのだ。『死の島』の結末は、この三つの章の後、「内部」と題された章が約二ページ半の空白によって示され、さらに「終章・目覚め」へと続いていく。

彼、相馬鼎は、窓の前に立って意識の揺れ動くままにまかせていた。彼方の空では、灰色の幾重もの襞をなした雲の群が次第に動き、次第にその重なりを解き、色相《いろあい》を薄くして行き、遂にその切れ目から太陽の金色の箭が、ひと筋、弓弦《ゆづる》の音も高く放たれた。その一條の光は彼の立っている仄暗い窓の中へ、明かな光芒を描いて、目覚めのように射し込んだ。

窓辺で佇む姿といい、朝の光芒を待ち続ける様子といい、マルドロールの覚醒の場面に酷似したこのイメージにこそ、小説の詩学への相馬鼎＝福永武彦の万感の思いがこめられている。『死の島』における「小説の詩学」の発見とはまた、フランス文学者としての福永武彦が辿り着いた、「他者の詩学」の発見でもあるだろう。

**【注】**

（1）小野十三郎「詩の音楽性」『多頭の蛇』所収、日本未来派発行所、一九四九年。
（2）三好達治「マチネ・ポエティクの試作に就て」『世界文学』一九四八年四月号（『現代詩論大系』第一巻、思潮社、一九七一年、所収）。
（3）第二章参照。
（4）第三章参照。
（5）第四章参照。

【付記】

本稿は三つの拙論（本書第二、三、四章）の要約と、*Cahiers Lautréamont, LII et LIII* (AAPPFID, Paris, 2000) 掲載の « Takehiko Fukunaga et Lautréamont: de *Gouffre* à *L'Ile de la mort* » の邦訳に加筆訂正を施したものである。なお、福永武彦の引用は主として新潮社版『全集』に、ロートレアモンの引用（拙訳）はプレイアッド版『全集』(Lautréamont et G. Nouveau: *Œuvres complètes*, Pléiade, Gallimard, 1970) に拠った。

# 第二章　詩と音楽——ボードレールから福永武彦へ（1）

福永武彦の文学活動にボードレールが果たした役割は、ボードレールにポオが与えた影響に喩えることができる。この二つの場合に共通して言えるのは、ほぼ全面的と言えるほどの感情移入が秀れて批評的な自意識と相俟って、二人の作家のこの上なく幸福な出会いを物語っているということだ。ボードレールがポオに同化しつつ独自の詩的宇宙を構築したように、福永武彦もまた、ボードレールの宇宙を再構成することによって自らの詩的創作《ポエーシス》を実現したのである。だから、ボードレールがポオの小説作品を翻訳し、福永がボードレールの詩作品を翻訳していることは、決して偶然ではない。詩人は彼自身の中にある「小説家」をポオに仮託しつつ詩を書き、小説家は内なる「詩人」をボードレールに歌わせることによって小説を書いたのだ。

無論、ボードレールにとってポオが、福永にとってボードレールが、時には主導動機として、時には通奏低音として、彼らの文学作品全般に鳴り響いていることは事実であるにせよ、それが彼らにとって唯一絶対であったわけではない。福永武彦がいうように、詩人は自分自身の固有の世界を持つものであり、そこでは彼自身が創造者であるからだ。彼はどれほど他の世界に共感を覚えても（あるいはそれ故にかえって）遂にその世界に停まることはできない。彼の透徹した批評意識は共感に耽溺することを許さないし、その意識がなければ真の共感もまたあり得ないのである。したがって、そこには常に微妙な、だが決定的なずれ（あるいは意図的なずらし）が生じることになる。その結果、二つの世界は「似て非なるもの」としてより明確になり、いっそう輝きを増して読者に呈示されることになる。つまり、意識的な「読み」によって「作品」が完成されることになるのだ。これがボードレールと福永武彦の場合だった。読者は福永文学の至る所でボードレールの「世界」の変奏に出会い、これを読む。これは福永によるボードレールの「読み」であると同時に、読者による福永武彦の「読み」でもある、という二重構造を持っている。福永武彦の「世界」とボードレールの「世界」は重なり合いつつ異った旋律を響かせ、互いの価値を高め合い、一つのポリフォニーとして読者に差し出されているのである。

　似て非なる旋律がいかにしてボードレールと福永武彦の「世界」を峻別しているのか、また、その決定的な差異はどこから生じているのか、という問題は、前者から後者への影響関係の考察にのみ還元されるものではない。それ以上に、意識的な「読み」が「書かれたもの」をどのような「作品」として完成するのか、その経緯を検証することに重点が置かれるべきである。そのためには、二人の文学者へのパースペクティヴに一定の規準が保たれなければならない。私は、この規準をまず音楽論的視座に定めることによって、二人の作家の詩的創作《ポエーシス》の諸相を一つの批評的な「読み」として提出したいと思う。

## 1

音楽は空間の観念を与える。
多かれ少なかれあらゆる芸術はそうだ。というのも、芸術は数であり、数は空間の翻訳なのだから。
（ボードレール「赤裸の心」）

ボードレールにとって「音楽」とは、単に時間感覚の昇華であるだけではない。それ以上に、空間の観念を惹起する最も純粋な秩序とみなされている。彼がヴァーグナー論で述べているように、「物質的精神的な空間と深遠を、描くこと *peindre*」が音楽の理想であるならば、音楽とは影像《イマージュ》を創り出す観念の構造物以外の何物でもない。

ボードレールは音楽の持つ観念性を詩に導入することを企てた。たとえば、「音楽」という詩篇において、

La musique souvent me prend comme une mer !

音楽はしばしば海のように私を捉える！

という詩句が読まれる時、「音楽」musique と「海」mer は、副詞「のように」comme による直喩で統合されると同時に、四回繰り返される子音mによって音響的にも連結されるのだが、それは海の「広大さと深遠さ」という観念が音楽の特性を直接想起させるためである。

だが、あらゆる芸術の中でとりわけ音楽が重視されるのは、その徹底した暗示性の故である。それは、一つの音楽乃至旋律がある影像《イマージュ》を喚起する、という意味での暗示性ではない。音楽とは、全ての影像を許容しつつ無価値化する純粋観念に他ならない。音楽は常に「空間の観念」を与えるのみで、凝固した物質として（美術のように）、あるいは固定された記号として（言語のように）、空間に痕跡を留めることは、決してない。それは魂に霊的な場を与えながら自らは存在しない、つまり意味作用を持ちながら意味を持たない暗示能力として、詩的宇宙の極北に位置するものである。ボードレールは、このような暗示性を次のように美しい一行で表した。

音楽は天空を穿つ　（「火箭」）

音楽は空間を（観念として）描き出すのみで、そこに君臨はしない。ヴァーグナー論の中に「それ自体以外にいかなる装飾もない広大さ」と読まれるように、そこには純然たる虚空が広がり、また深まっている。この虚空を想像力が埋めにくる。人は天空に穿たれた空間を「翻訳」することによって意味に充ちた存在論的磁場を創出し、「数」の陶酔を呼び起こす。

全体は数である。数は全体の中にある。数は個体の中にある。陶酔は数である。（「火箭」）

「数」とは空間に与えられた秩序のことだ。影像にせよ存在にせよ、あらゆる「全体」は「多」として雑然と遍在している。だが、芸術的創造力は「多」を一定の法則の下に再構成し、「数」と化することができる。永久に「一」に還元され得ない多様な「全体」を、創造力によって構造化したものが「数」であるとすれば、詩もまた「数」である限りにおいて、音楽から富を奪う企ても必然と言わなければならない。ボードレールの詩法は、漠然とし際限のない「多」としての対象（存在、影像、思考）を「数」へと昇華するために、音楽の持つ暗示性を詩作品に定着する試みだった。彼は、音楽家が楽音の構造化によって空間に観念の建造物を創り出す手法によって、言語による「妖精の宮殿」（「風景」）を築こうとしたのである。

言うまでもなく、詩における「音楽」は単に音響性のみを示すわけではない。言葉は音だけでなく意味を備えているために、楽音のように純粋な数学的秩序によって「全体」を構成することはできない。言葉は他の言葉に出会う以前にすでに固有の意味を担っているために、「全体」として旋律を構成する以前に、「個体」としてその場に凝固する性質を持っている。にもかかわらず、詩が「音楽的」であり得るとすれば、それは「個体」の中にも純粋な秩序としての「数」が存在するためだ。一つの語はそれ自体すでに多様な要素から成る「数」とみなすことができる。「数は個体の中にある」というのは、言葉の多元性を示唆するものなのだ。この場合、「数」とは、詩人を取り巻く無秩序な現実の多様性を詩の多元論へと昇華すべき、詩的秩序のことである。

## 2

ボードレールが「多」としての現実を「数」に転ずるために用いた詩的秩序は、大別して二つの詩法に要約される。一つは、『悪の華』における「万物照応《コレスポンダンス》」の理論に代表される、調和と類比および同化の詩法、すなわち「超自然主義《シュルナチユラリスム》」であり、もう一つは散文詩集『パリの憂愁』の構成原理と見られる、破調と対比および異化の詩法、すなわち「イロニー」である。無論、二つの詩法は直ちに韻文詩と散文詩の本質に還元されるわけではなく、あくまでも相対的な区別にすぎない。散文的詩篇も詩的散文もここでは一応除外して、典型のみを示すことにする。

まず「万物照応《コレスポンダンス》」の理論だが、これについて福永武彦は次のように書いている。

一つの物の原音楽的な雰囲気が他の物と交感し、それが更に他の物を類推するといったように、詩人が「無限の物たちの拡がり」(「万物照応」)を持った場合に、これらの綜合から生じる雰囲気は、外界の外部に、別の、再創造された外界を構成する。〔……〕多くの物たちは外界から内部世界に射影されて一つの契機の可能性を持ち、それが詩人の精神の力によって逆に外界に放出される時、現実の外界と照応して、現実の外界の背後に詩人の神秘的な外界を形成する。それは詩人の内界にあって内界に属さず、外界にあって外界に属さないところの、一種の神秘的な混合の場である。

(『ボードレールの世界』)

これは、福永による秀れて意識的なボードレールの「読み」である。内界と外界が出会う「神秘的な混合の場」を仮構するのが「照応」の理論であって、そのためには全ての感覚が類推《アナロジー》によって融合し「無限の物たちの拡がり」を持たなければならない、とする福永の「読み」は的確である。この「読み」を支えている最も重要な概念は、次に挙げるように、「原音楽」である。

長いこだまの遠くから溶け合うよう、
涯もなく夜のように光明のように、
幽明の深い合一のうちに

匂と色と響きとは、かたみに歌う。

(ボードレール「万物照応《コレスポンダンス》」福永武彦訳)

ここでボードレールは、諸感覚の間にある類縁関係《アナロジー》を詩的に敷衍し、詩的言語の特徴である「喩」についての正当化を行っていると言えるのだが、福永はこの「類推《アナロジー》」を可能にする根源を「音楽」に求め、ボードレールの詩法を一元論に還元する視座を獲得する。

ボードレールは、外界の物たちを内部世界に於て詩に定着するため外界から取り入れて来る時、「匂」も「色」も「お前の眼」も「秋の空」も「花々」も、すべて音楽に、或は原音楽的なもの protomusique, Urmusik (もしこのような言葉があるとして) に、還元した。

(『ボードレールの世界』)

福永は、この「原音楽」という概念をボードレール読解の重要な鍵として、詩人の「世界」を解読しつつ、自分自身の文学理念に適用し、「音楽的小説」の構想に結びつけた。「音楽という一元的な要素」(同右)を主導動機とし、これを多様な形式で展開することによって、詩的な雰囲気を持つ構造物を創り出すことが、彼の小説の原理となるのである。福永にとって「音楽的というのは、つまりは本質ということ」だから「「意味を説明」することとは関係がない」(「ゴーギャンの世界」)と断言するほどの絶対的価値なのだ。

たとえば「幼年」では、「何らかの音楽のような、匂いのような、光のようなもの」が幼年期について殆ど唯一の記憶として描かれ、この小説の主要概念——純粋記憶——の表象となっている。無論、このような（原）音楽は作品として構成された楽曲のことではない。福永のいう「音楽」とは、およそ次のようなものである。

音楽というのは見ることの出来ないもの、つまり空気である。それは時間の中を流れて行き一つの印象を残すにすぎない。〔……〕そして藝術として完成されている音楽の他に、あらゆる現象は隠された音楽を持つと、或いは我々の見る現実からは眼に見えない匂が発散していると、考えることも出来るだろう。（「見る型と見ない型」）

このような「隠された音楽」を福永は「原音楽」と命名し、ボードレールの詩法を読解する原理とした。あるいは逆に、ボードレールの詩法を読解する過程においてこの原理を発見した。いずれにしても、この「原音楽」という概念が私たちに二つの「世界」への視点を与えていることは間違いないのである。

## 3

福永武彦は、「原音楽」という超感覚を措定することによって、ボードレールの「共感覚」および「普遍的類推」を一元論に還元した。あえて単純化するならば、「共感覚」とは、視覚聴覚嗅覚など諸感覚の水平の照応であり、「普遍的類推」は、外界と内界との垂直の照応である。「共感覚」は、感覚の領域のみならず精神の領域においても認識されることによって「普遍的類推」に高められ、その結果、パノラミックなひろがりを持つ詩的宇宙が生成する。この場合、福永の「原音楽」という概念は、超越的機能を持つ「神の音楽」（『先の世』注釈）であるから、水平の照応も垂直の照応も共に（感覚の領域においても精神の領域においても）この概念によって成立することになる。

このような一元論的解釈は、現在のボードレール研究の水準から見れば、たしかに多くの難点を持っている。まず第一に、ボードレール自身が一度も使っていない「原音楽」という概念を措定すること自体、詩人の「世界」を解釈する上で妥当であるか否かが問われるだろう。そこから派生する多くの問題点を挙げることもできよう。しかし、それを逐一指摘することが本論の目的ではない。福永の「読み」がこのような一元論的整合性を持つことによって、ボードレールの理念を自分自身の文学理念に照応させたことが重要なのである。そして、ここから二つの「読み」――ボードレールと福永武彦についての――への視座が与えられていることを、私は重視したいと思う。

　ボードレールの詩法が多元的であり、大別して「超自然主義」と「イロニー」に要約されることは既に述べた通りである。この二つの理念はボードレール詩学の両極であり、この間に複雑な関係が生じることによって複合的な影像を喚起し、全体として多彩な詩空間が生成する。福永の読みは、この多様性を超自然主義に還元する企てとみなすことができるだろう。この発想は、主に『悪の華』をボードレールの「唯一の詩集」と考える、伝統的乃至ロマン的解釈に由来すると思われる。「『パリの憂愁』は遂に詩集ではなかった」（『ボードレールの世界』）というように、福永の審美眼はひたすら『悪の華』に、それも初版（「パリ風景」の章が加えられる前）に多く見られる神秘的かつ調和的詩篇に注がれていたようである。その解釈もどちらかというと力動的《ディナミック》というよりも静止的《スタティック》なものと言えよう。後年、彼が訳出した『パリの憂愁』の解説においても、散文詩特有の詩的価値を認めてはいるが、その詩法については殆ど触れていない。一言でいえば『悪の華』に対する時のような感情移入は行われていないのだ。福永は次のように断言している。

　「悦楽と認識とからなる恍惚」は、（『悪の華』）初版を頂上として、次第に「不安な情熱」と「味苦い知識」からなる「蜃気楼」へと、沈んで行ったようである。

（「詩人としてのボードレール」）

しかし、この「蜃気楼」の中にも詩法はあったのだ。福永武彦が「蜃気楼」の中に浮かぶ芸術家の心象を「音楽的構成」によって長篇小説『海市』に結晶させたように、ボードレールも、多義的で曖昧な「蜃気楼」のごとき現実に、ある種の詩的秩序を与えることによって、散文詩集『パリの憂愁』を構築したのである。ボードレールは散文詩集の序文に次のように書いている。

我々のうちの誰が、野心に満ちた日々に、律動も脚韻もなく音楽的で、魂の抒情的運動にも夢想の波動にも意識の突発的揺動にも適応するほど、十分に柔軟で十分に対照の激しさを持った、詩的散文の奇跡を夢みなかったでしょうか。

ボードレールはここで、詩における音楽的力動性をわずか数語に要約している。すなわち抒情的運動、波動、揺動の三点である。このうち、「魂」と「夢想」は韻律と律動に乗って飛翔することも降下することもできる。ちょうど「深淵の恐怖の上を軽やかに飛びかう華麗な小鳥にも似た軽快で情熱的なショパンの音楽」(「E・ドラクロワの作品と生涯」)のように。しかし、「意識」はこの調和的旋律の中を飛びかうことはできない。それは「突発的揺動」を待ってはじめて「音楽」と化すのだ。そのためにも、ボードレールにはヴァーグナーの音楽(的なもの)が必要だった。「想像しうる究極の限界まで拡がった空間」(「ヴァーグナーとパリの「タンホイザー」」)を表現するためには「それ自体の裡に二つの無限、天国と地獄」（同右）を内包する精神が必要であり、これを「十分に対照の激しさを持った」旋律として響かせなければならない。この「揺動」によって、和声法的構成に対する対位法的構成が成立し、瞬間的かつ多様な日常的現実を一挙に詩的現実へと昇華する詩法が確立するのである。たとえば、散文詩「既に！」は、海への憧憬と陸への回帰を「生」と「死」という二つの主題に重ねることによって、散文による「音楽的構成」を実現したものだが、その中で「突発的揺動」は次のような一節に表現されている。

この比類もない美に別れの言葉を述べるに当って、私は死ぬほど打ちのめされたような気がした。仲間の船客たちが口々に『遂に！』と言っている時に、私一人、『既に！』と叫ばざるを得なかったのは、まさにそのためである。

（「既に！」福永武彦訳）

「遂に！」と「既に！」は調和的気分を破る非音楽的「叫び」である。しかし、二つの主題は二つの「叫び」に要約されることによって鮮明な対照《コントラスト》として現前し、重奏的旋律を形成する。相対立する二つの想念は決して融合し得ぬまま強引に連結され、全体として力動的な「音楽」を構成するのである。これは「万物照応《コレスポンダンス》」に見られるような和声法《アルモニー》による調和的音楽ではない。いわば相反する要素を同時に表現する多声法《ポリフォニー》による対位法的音楽といえよう。二つの旋律は互いの地歩を確たるものとして主張し合いながら劇的な緊張の裡に激しい対照を成し、全体として「音楽的」としか喩えようのない詩的創作《ポエーシス》の多元論を実現するのである。

## 4

福永武彦がボードレールの詩法に見出した原理は「原音楽」という一元論的超感覚だった。それは和声法による調和的詩篇に最もよく適合する概念であり、ここに福永によるボードレール読解の原点がある。だが、この原理を自らの作品構成に適用するにあたって、彼は独自の方法論を展開していく。それは、ボードレールが散文詩に用いた方法によく似た「音楽的構成」という原理によるものでありながら、全く異った手法として認識され、独自の「世界」を表象するものである。

福永武彦は『ボードレールの世界』の冒頭に次のように書いている。

> 一人の詩人にとって、詩集とは何だろうか。〔……〕詩集というものが、詩の集成であると共に、詩人の全人生、全思想の表白、即ち大文字で始まる Poésie の意味を持ち始めたのは、ボードレール以後、一列の象徴派詩人たちに於てだと言える。

福永武彦が文学的出発において第一行に書いたのは、作品の生成についての根源的問いかけであった。彼にとってPoésieとは詩的創造《ポエーシス》による固有の「世界」のことである。「詩は固有の世界でなければならない」とする創作の原則を、彼は自分自身の小説にも適用しようとした。たとえ彼がその後、詩を（ひとまず）断念し小説に「転向」したにせよ、彼が自分自身の文学世界をPoésieとする意志を失くしたことにはならない。なぜなら、福永武彦の「世界」はこの時すでに彼の精神の中で「未来の詩集」として構築されていたと考えられるからである。彼はこの意志をボードレールに仮託して次のように書いている。

〔……〕詩人が一つの詩を全力を挙げて創作している時に、同時に未来の詩集を構想することは果して不可能だろうか。それが可能な場合は唯ひとつある。それはただ彼がその一生を懸けて、唯一冊の詩集を著そうと夢みている場合だ。何故なら、その時未来の詩集とは、彼の持つ世界Kosmosの全部の表現であるから。これは最早一季節ではない。季節の推移によって生じる風土である。

福永は彼自身の「世界」の構築を最初の長篇小説において試みた。『風土』という表題は作者自身の「世界の全部」という意味を持っていたのである。「人間はただこの自分の風土、この自分の孤独の中にしか住むことは出来ないのだ」という主人公の表白には、固有の世界を築こうとする作者自身の孤絶感と、その裏返しになった野心とが、否応なく滲み出ている。だとすれば、「一生を懸けて、唯一冊の詩集を著」すことを詩的創作《ポエーシス》の理想と考えていた福永が、処女長篇において彼の「世界」を一挙に構築しようとしたのは、何故だろうか。自らの文学営為をボードレールとは異った次元で展開することを企図してのことだろうか。おそらくそうではない。彼の文学観はその原理において殆どそのまま『悪の華』の「世界」に照応するものだった。「唯一冊の詩集」の構想はやはり福永にもあったのだ。だが、彼は小説家となることを選択した。そこには外国文学研究者としての使命感のようなもの、日本の近代文学に対する不満、日本語による詩作の困難さなど、いくつもの理由があったのだろう。そして、何よりも、たとえ「未来の詩集」の構想があったにせよ、彼にはその「未来」がなかった。戦争と病気という二つの根源的絶望を内部に宿し、その二つを原点とした福永には、至る所で自分を待ち受ける「死」を前にして、「唯一冊の詩集」を未来に委託することはできなかった。おそらく、それ故の性急さが福永文学を特徴付ける一因となっている。彼は、持ち得る限り全ての主題を一作品に表出すべく、最も多様でありかつ構築的な表現形式である長篇小説《ロマン》を選択した。

『悪の華』に何よりも理知的な構築美を見出した福永は、彼自身の「原音楽」を「精神世界に照応」(『ボードレールの世界』)させるべく、様々な方法を試みている。彼は、散文詩的文体および構成、主題の反復、芸術作品の引用と活用、統辞論的秩序を変形した断片の連鎖、複数の視点の導入、過去と現在の併用、といった多彩な小説技法を用いることによって、多様な要素の有機的連関を促し、全体として「詩的感動」と呼び得る音楽的効果を企図した。いわば彼の作品が読者にとって「原音楽」として印象付けられることを意図したのである。「音楽的な小説という、謂わば不可能なジャンルを可能にしてみたい」という、『草の花』の主人公の言葉は、そのまま小説家福永武彦の告白でもあった。

福永にとってもまた、「音楽」は、ボードレールが言う「空間の観念を与える」暗示作用——純粋な観念としての空間の表象——である。バシュラールが言うように、詩が「おのれ自身の韻律を創り出す美しき時間のオブジェ（『空と夢』）だとすれば、詩人とは、「多」としての現実を「数」としての虚の世界に照応させるために、自分自身の音楽を創出する人間のことである。この意味において、福永武彦は本質的に詩人である。ただし、長篇小説における福永は、厳密にいえば、自分自身の音楽を創出しているとはいえない。ボードレールが自身のポリフォニーを創出するために散文詩という独自の様式を確立したのに比べると、福永の「音楽的小説」は必ずしも完全とは言い難いのである。勿論、これは長篇小説という形式のためである。そのかわり福永は、大作曲家たちの構成原理を作品に引用することによって、長篇小説に起こりがちなストーリー偏重による主題の弛緩を排し、緻密な構築美の裡に詩的雰囲気を醸成することに成功している。まさしく彼は（象徴派詩人のように）音楽から富を奪うのである。この観点からすると、福永の長篇小説のうち最も重要なものは、引用による音楽的構成が彼の「原音楽」とぴったり合致している作品ということになる。その最も見事な照応が最初と最後の長篇——『風土』と『死の島』——に見られることは、やはり彼が「唯一冊の詩集」を文学営為の理想としていたことを物語っているのではないだろうか。

## 5

『風土』を小説作品として見た場合、主題とみなされるのは、作者自身が言うように、「日本という特殊の風土に育った藝術家の主題」と「愛することにしか希望を持てなかった人間の不幸」(「「風土」初版予告」)ということになるが、詩的創作《ポエーシス》の面から見ると、実に多くの主題が網羅的に呈示されていることがわかる。たとえば、死、生、孤独、愛、時間、虚無、悔恨、宿命、といった抽象概念が、直喩、暗喩、寓喩など多彩な手法によって次々と表象されているし、海、少年、少女、芸術家、といった類型が至る所で論じられまた描写されている。ここには福永文学の殆ど全ての主題が見出されるのである。その中のいくつかは、結論を急ぐあまり性急になりすぎたり、曖昧なまま呈示されたりしているように見える。小説作品として未だ消化しきれぬ観念を、登場人物の台詞で無理やり表出している部分さえある。この台詞の部分は(どれほど「話体」を装っていようが)徹底して「文学体」であり、現実感が希薄で抽象的な印象しか与えていない。無論、これらの欠点を直ちに作品の未熟さと断定することは避けるべきである。観念の表出に観念を以ってすることに対して私たちはもはや過敏である必要のないことを知っている。しかし、『風土』が抽象的といい得るのは、そこで言及される観念が凝固もせず発展もせず、一過性の観念に停まっているためなのだ。

結局、作者がこの作品で書き切ったといえるのは右記の主題二点だけということになる。

　しかし、この作品を小説という形式に限定せずに見た場合、福永の世界観は評論以上に顕現していることがわかる。彼は手段を選ばぬかのように自分自身の観念を網羅する。時には会話の中に、時には風景描写の中に、あるいは告白形式で、内的独白の手法で、散文詩風に、エッセー風に、あらゆる方法によって臆面もなく書き込んでいくのである。だが、この多様さは、作者の構築力によって、雑多さに堕することを免れている。そして、この構築力を支えているのが音楽的構成という原理なのである。

　福永武彦が小説で扱う主題は殆ど常に対立項を伴って表れる。たとえば生と死、愛と孤独、意志と絶望、欲望と後悔、という対照が至る所に見出される。これらの対比的主題を作品に統合するために、彼はしばしば楽曲として構成された音楽を引用し、更にその構成法を活用する。たとえば『風土』は全体がソナタ形式によって、『海市』はバッハの「平均律」の形式によって、『死の島』はシベリウスの音楽書法によって、全体的統一を与えられている。

『風土』の主要主題は「生」と「死」の葛藤である。福永はベートーヴェンの「月光ソナタ」を作品に引用しかつ活用することによって、この主題に見事な音楽的効果および構成を与えている。特に第三楽章（呈示部―展開部―再現部によるソナタ形式）は『風土』全体の構成に照応し、更に詩的感動を与える「原音楽」にも照応している。たとえば作中第二部において、第三楽章呈示部は次のように表現され、原曲の持つ意味内容がいわば言語によって「演奏」されていると言えよう。

そして再び深淵の呼声、逆しまに吹き下す風、第三楽章、これこそは生、人間の、現実の、束の間の、悲しい生、急速に、生の第一主題、〔……〕最早天上の幻を消し去ったこの生の喘《あえ》ぎ……。そして雪崩《なだれ》のように落ちて来るもの、第二主題、それ、死の呼声。

文体においても構成においても、この一節には「音楽的小説」の野心が端的に表れている。読点を多用した喘ぐようなリズムは、十六分音符を主体としたプレストの速度感と激情的な気分を示し、名詞止めの多用は語句を音符のように鮮明に印象付ける。第一主題を「生の喘ぎ」、第二主題を「死の呼声」とする解釈は、原曲の持つ悲劇的熱情の解釈に一つの視点を与えつつ、『風土』の主題と構造を暗示する。この呈示部は『風土』第一部における少年少女の「愛の可能性」の主題（第一主題―生）と主人公・桂昌三の「愛の不可能性」または「絶対的孤独」（第二主題―死）を暗示しているのだが、二つの主題は未だ対比的に呈示されるのみで葛藤にまでは至っていない。

次いで展開部が示される。

いま、死は生を呼びに来る、雪崩のように、疾風《はやて》のように、すべてを消し去る死、〔……〕早く早く、死が歌う、死が呼ぶ、生がそれに答える、愛が生を引きとめる、二つの争うもの、二つの主題、憤怒に捩《ね》じ曲げられた鉄の柱、柔軟に折れ曲る一本の蘆《あし》、対立する意志、〔……〕

ここで二つの主題は対立し葛藤し、空間にいくつかの影像《イマージュ》を結ぶ。砂丘、海、田舎道、停車場、といった「生の原型のような幾つかの風景」が現れ、再び疾風怒濤が押し寄せる。展開部は『風土』第二部に照応し、主人公の青年期および少年期の心象を暗示している。それは欲望と悔恨の入り混じった芸術青年の内的風景の寓意と言えよう。

最後に、再現部とコーダが第三部を暗示しにやって来る。第三部には「風土」、「月光」、「悪夢・回想」という印象的な章が置かれ、福永武彦の芸術観が最も端的にあらわれている。

〔……〕そして急に、無気味に凪《な》いだ風、ざわめきをやめた海、暗い微光を漂わせた現実の外の風景、今こそ死が生を運び去る、〔……〕死の勝利、仄々とした宇宙の光が、隈《くま》なく地上を照し出す中を、すべては再び遠ざかる、天上の風にさらわれて、束の間の短い生は、虚無から虚無へ、忘却から忘却へ、死から死へ、……すべては渾沌《こんとん》の中に忘れられて……。

二つの主題の闘争は最後に死が勝利を収め、第一楽章の主題（死または虚無）と合致することによって、観念のドラマに幕が降りる。実は、「月光ソナタ」における第三楽章第二主題は、第一楽章の基本音形を反行形で用いた旋律であり、全楽章の緊密な構成を計算し尽くしたベートーヴェンの構築力を示す好例になっているのだが、福永武彦はこのような形式美を言語によって見事に演奏していると言えよう。

## 6

　このように福永は、「月光ソナタ」を原音楽としても構成の原理としても十分に活用し、自らの観念のドラマを言語化した。だが、それだけでは、長篇小説という持続的かつ複合的文学形式において「詩的感動」を与えるのに十分とはいえない。「詩的感動」を可能にしているもう一つの要因は、同一モチーフの反復という技法である。「月光ソナタ」の引用は『風土』において三度繰り返され、いずれも作品の構造化に重要な役割を果たしている。最初の引用は前述した散文詩風の一節であり、ここでは主人公の青年時代の心象風景として描かれている。二度目は第三部冒頭における四人の登場人物の会話の場面で、やはり主人公によって言及されている。そして最後に、第三部第五章に引用されているのだが、この部分では、「月光ソナタ」の楽想が主人公の「風土」と照応することを示す、きわめて印象的な手法が採られている。

　この章は、主人公を除く三人の登場人物の心象がそれぞれ「月光ソナタ」の三つの楽章によって描き出され、各楽章が各人物の気質を暗示する、という形式で書かれている。ここでもやはり、重要な意義を持つのは第三楽章の解釈である。第一楽章部分の語り手である少年の内面的描写が愛と死についての漠然とした観念に終始し、第二楽章における女主人公の思考が「二つの深淵の間に咲いた一輪の花」という楽想を巡って「幸福な現在」という幻影に耽溺するのみであるのに対し、第三楽章において描かれる少女の心象は、主人公の「風土」を外部から見据える眼として描出され、原音楽としての「月光ソナタ」の意義を確立する。

なぜ「月光」なのだろう、と道子は思う。なぜ「月光」であって他の曲ではないのだろう、いつぞや桂さんが idée fixe《イデ・フィクス》とおっしゃったのは何のことなのだろう、この急速な、怒濤のような呼声、重苦しい陰鬱な印象、決して明るく華かな曲ではないのになぜ？　桂さんがお別れに何の意味もなく「月光」を選んだとはわたしには思えない、何となく久邇さんに頼んだのでは決してない、そこに何かしらわたしの知らない意味があるに違いない、恐らく桂さんの生きかたの中に、この音楽と切り離せないものがあるというような、〔……〕

少女は「月光ソナタ」が主人公の「原音楽」でありかつ「風土」であることを直観する。ただひとり彼女だけが「生と死の葛藤」を見抜くのだ。だが、それを確かめる手立てが彼女にはない。彼女はただ直観によって真実を発見し確信するのである。それは超感覚たる「原音楽」としての「月光ソナタ」が促す喚起的魔術によるものだ。主人公の「風土」は、この魔術によって「月光ソナタ」と緊密に結ばれ、同時に「原音楽」と「音楽的構成」（作品全体）が照応することを示す寓意《アレゴリー》が成立するのである。

〔……〕意志と絶望と、欲望と後悔と、そして恐らくは生と死と、いつか桂さんがおっしゃったこの第三楽章の二つの主題のようなもの、それがあの人の眼の中で影のように踊っていた、〔……〕速く速く、疾風のように過ぎて行く、深淵のように呼んでいる、〔……〕生は疾風のように過ぎて行く、死は深淵のように呼んでいる、桂さんのあの暗い、沈んだ顔、心の底で争っている二つのもの、〔……〕

二つの主題は今や完全に少女のものとなっている。主人公の言葉によって惹起された一つの印象が「原音楽」となって少女の内面で鳴り響いているのだ。これもまた、「原音楽」が「音楽的構成」に照応することを示す寓意と読まれるだろう。

このように多彩な技法によって言語化された「月光ソナタ」の主題および楽想は、他の多くの暗示的手法と相俟って、『風土』という福永武彦の詩的宇宙を構築している。「作品」とは固有の世界でなければならないとする福永の芸術観は、多様性と統一性の一元論的還元を求めて、最も非詩的文学とも言える長篇小説を自己表現の場とする逆説を生み出した。この逆説を彼の文学的生涯全般にわたって支えたのは音楽への憧憬であった。そして、憧憬が単なる幻影に終わらず精緻な構築力による独自の方法論を伴って展開したところに、福永文学の独創があった。それは、彼がボードレールとの幸福な出会いによって確立した一元論的芸術観と決して無縁ではない。ボードレールが音楽の暗示性を独自の構成原理に拠って言語化し、そこに散文詩集を構築したように、福永武彦もまた、全く異った展開によってではあるが、音楽の暗示性を求めて「音楽的小説」という独自の世界を構築したのである。

しかし、福永武彦自身の原音楽は楽曲の引用によってのみ作品化されているのではない。彼がより独自の音楽を創出しているのは、むしろ短篇小説においてである。この分野において、福永武彦は象徴派詩人としての本領を遺憾なく発揮していると言っていい。

**【付記】**

ボードレールの散文詩の構成および「対位法」の概念については、拙論「散文詩『二重の部屋』――表題『微光と煙』と『パリの憂愁』の間」(『年報フランス研究』十六号、関西学院大学フランス文学研究室、一九八二年)および「ボードレールにおける散文詩の理念――美術批評の観点から」(『フランス語フランス文学研究』四十三号、日本フランス語フランス文学会、一九八三年)を参照されたい(上記二編とも、拙著『ボードレール〈パリの憂愁〉論』砂子屋書房、一九九一年、に収録)。なお、ボードレールの引用は特に断りがないかぎり拙訳に拠った。

# 第三章　憂愁の詩学——ボードレールから福永武彦へ（2）

福永武彦が詩的創作《ポエーシス》の原理とした「原音楽」という概念が、ボードレールへの深い共感から生じたことは間違いない。それが「音楽的小説」の構想に結びつき、数々の長篇小説によってその実現をみたことも、既にこれまで検証してきた。ただし、「原音楽」を実際に長篇小説に定着するためには、もう一つの音楽的要素が必要だった。それは小説の構成原理としての音楽的書法である。『風土』のソナタ形式、『海市』の平均律、『告別』のマーラー、『死の島』のシベリウス、といった楽曲における構成原理を引用しかつ活用することによって、福永武彦は独自の文学世界を築いていった。

しかし、福永武彦の「原音楽」は、何もこれらの楽曲の引用によってのみ作品化されているわけではない。特に短篇小説において、また短篇の連作というべき『忘却の河』や「幼年」において、彼は真に独自の音楽を創出し得ている。長篇小説においては、構造の弛緩を廃すために複数の主題を体系的に組成せざるを得ないのに対し、短篇小説の場合には、中心主題を内面の欲求のまま直に展開することができる。この場合、既成の音楽作品の引用は必要なく、自らの言語によってのみ彼の「原音楽」は作品化されることになる。従って我々の次の課題は、短篇小説における福永武彦がいかなる詩的創作《ポエーシス》によって彼自身の原音楽を表現し得ているか、という点にある。

この点についても、やはり私はボードレールの読解を重要な鍵とすることにこだわりたいと思う。無論それは、二人の作家の奏でる互いに似て非なる旋律の比較検討が、我々の読解行為《レクチュール》を一つの積極的営為たらしめることを期待するためである。

## 1

短篇小説「塔」は『ボードレールの世界』より先に書かれており、福永武彦の真の処女作と言うべき作品だが、ここには既に、後年の福永武彦を予告する秀れた形式感覚と強靭な創作理念を見ることができる。

「塔」は不思議な作品である。文学ジャンルとしては一応幻想小説《ファンタジー》あるいは寓話小説《アレゴリー》に分類されるだろうが、小説に必要なリアリティを持った登場人物は「僕」だけで、全篇を支配する雰囲気はあくまで叙事詩の荘重さであり、語りの音楽性において抒情詩の性質も兼ね備えている。この作品に、福永が若い頃最も関心を寄せていた『マルドロールの歌』の影響を見ることは、おそらく容易だろう。しかし、この論脈では、ロートレアモンの影響は過大評価されるべきではないように思われる。というのも、ロートレアモンがあらゆる文学の実験室として提出した『マルドロールの歌』という混合物《アマルガム》が一種の黙示録として（永劫の「謎」として）成立し、我々の解読を不可欠な構成要素としているのに対して、福永の処女作品は、その後様々な形で敷衍されることによって、より明示的な世界へと展開していくものであったからだ。ロートレアモンからの影響はこれとは異なったかたちで見られるものだが、この点については後章にゆずることにする。

我々は既に『ボードレールの世界』と『風土』を読解し、福永文学において詩と小説がいかに巧みに融合しているかを見てきた。「塔」においても、詩人福永武彦は、幻想小説の構成を用いつつ詩的創作《ポエーシス》の原理を模索しているといっていい。

「塔」とは生の中の死、存在の中の不在の象徴である。「僕は階《きざはし》の途中で立ち止まった。恐怖が急激に僕を捕えたのだ」という書き出しは、日常的現実のさなかにふと湧き起こる虚無の意識、すなわち非現実的存在としての実存の自覚を描出している。この場合「階《きざはし》」は、現実の生と虚構の生を結合する可能態たる文学空間を象徴している、と言えよう。作家福永武彦は現実存在としての「僕」の死を前提として誕生する。冒頭の一節は既に「僕」の死――作家の誕生――の予告として布置されているのである。

この作品の主題たる「原音楽」は、二つの相反する旋律を奏でている。一つは、冒頭近くに聞こえる「七つの銀の鍵束」の「痛ましい金切声」である。「それは恰も僕の魂が、恐怖のため息も継げない速さで塔の奥底へと逃れて行ったのかもしれなかった」とあるように、鍵束の落下音は「僕の魂」の絶叫の喩となり、早くも物語の結末――「僕」の死――を暗示している。蝶に誘われて「塔」という未知の生に冒険を求めた「僕」は、既に五つの部屋（世界）を遍歴し、遂に「未来」とは「過去」に他ならぬことを自覚し、遠いアルカディアの思い出へと遡行する。一度獲得された「未知」は、もはや「沈滞と衰微と頽唐の歴史」に過ぎず、生の原型を求めて「僕」は塔からの脱出を試みる。塔の外には遠い幼年の日の白日に輝くアルカディアがあり、そこでは一つの音楽が鳴っていたことを、「僕」は思い出す。

眠れ眠れ輪の中で
金の小蜂野をめぐり
風は軽く草をゆり
草に花は開くまで

鍵束の鋭い落下音とは対照的に、六五調に押韻を伴った流麗な音楽が、優しく穏やかにアルカディアの風景を彩っている。これが「塔」の全体的色彩を決定するもう一つの旋律だ。「僕」の意識は、鍵束の落下する痛ましい金切声と、子供たちの遠くこだまする和やかな合唱という、二つの「原音楽」の間を揺れ動く。塔の中の「未知」の生はなお二つの部屋を残してそこに在り、塔の外のアルカディアは「記憶」のように優しく「僕」を誘っている。「未知」と「記憶」の葛藤というモチーフは、情熱と平穏、欲望と感謝、知識と無垢、といった様々な対立する副主題を生み出し、「烈しい苦悩の感情」を喚び起こす。いずれかを選ばねばならぬ運命の一瞬が「僕」に訪れているのである。

僕の心は迷った。僕の手は汗ばみ、鍵は濡れて蒼白く光った。僕は呟いた。これは**運命**だ、と。

「僕」は運命に身を委ね、「未知」を選択する。そして第六、第七の部屋で、「塔」とは「死」に他ならないことを発見する。ここで我々は、ボードレールの一節を思い浮かべることができよう。

我等が望むのは、この火に脳髄を焼かれ、
深淵の底に沈むこと、〈地獄〉でも〈天国〉でもかまわぬ、
〈未知〉の奥深く、新奇を探るために！

（ボードレール「旅」末尾、傍点部分は原文イタリック）

〈未知〉の奥深くに新奇を探ること。これが人間の「運命」だとすれば、所詮人間とは自らの意志もなく永久に流浪する存在に過ぎない。だが、この詩句がボードレールの詩境を示しているとすれば、全ての「味苦い知識」(「旅」)を獲得した詩人がなお自らの意志によって新たなる「生」に乗り出そうとする、その積極的意図にこそ意義があるはずなのだ。その意味において、若き日の福永武彦が措定した「運命」と晩年のボードレールの「旅」は、意味するもの――未知への出発――において一致してはいるものの、その意図する生のあり方においてまさしく逆のベクトルを示していると言わざるを得ない。ここにはおそらく、一つの誠実な「読み」による不可避的なずらしが働いているのだ。一つの「未知」は発見された瞬間に「既知」へと変じ、即刻「味苦い知識」として自覚されるしかない。おそらく福永はボードレールの「未知」を発見したのである。

それにしても、何という暗い「知識」だろうか。「塔」の五つの部屋を遍歴した「僕」は、既に王侯、旅行者、富豪、学者、そして恋人、という五つの「生」を知り、幼い頃のアルカディアの記憶の中心たる理想の女性の愛をも獲得している。だが、最後に残った恐怖――絶対的孤独の感情――を癒すために第六の部屋に入った「僕」は、恋敵たる旧友を殺戮することによって遂に精神の絶対的自由をも獲得したと思い込む。勿論幻影《イリユージョン》はすぐに消え、幸福な愛の生活とは畢竟「不在」の中の生――倦怠――に過ぎぬことを知り、第七の部屋――最後に残された唯一の未知――の探求を決意する。ここにはもはや人間的意志も希望もなく、あるものはただ謎に満ちた根源的生への探求心のみである。これを「僕」は「運命」と呼ぶ。

最後の部屋が僕を待っている。もしそれが**運命**ならば。僕には昔同じ言葉を呟いた記憶がある。後悔に充ちた過去が閃光のように僕の頭脳を照した。そして未来は……。僕は遂にこの塔から逃れることは出来ないだろうか。僕は悲しくもそれを予感する。

最後の部屋を前にして、「僕」は既に幼い日のアルカディアの記憶さえ何の意味もないことを痛感する。「生」とは「死」に他ならず、「未知の探求」は己れの意志による選択でさえなく、彼に課された「**運命**」以外の何物でもない。無論このような探求の果てには、絶対的孤独――漆黒の夜――以外に何物もあろうはずがない。かろうじて、遠くから響く幽かな合唱のみが、薄れたアルカディアの記憶を再生する。それは夜の漆黒の中に微かに揺れる白日の光であり、絶対的孤独を一際引き立てる、共感に溢れた歌声である。この時突然「記憶の中から滲み出たかのように」出現する蝶は、この作品の締めくくりのイメージとして重要な意義を担っている。遠い幼年期の幸福な現在を享受していた「僕」の前に現れ、「僕」を未知の塔へと招き、その遍歴が終わろうとする刹那に再び出現した蝶――プシケーのしるべたる隠喩的存在――は、「僕」の死を告げる使命を担っている。だが、蝶に転身したプシケーとは異なり、「僕」に与えられた運命はただ「死」あるのみである。「僕」は塔の頂上から「暗黒の中に身を投じ」、虚無のみが広がる深淵へとまっさかさまに落下する。最後に余韻を残すのは、冒頭に聞こえた、魂の絶叫の喩たる「鍵束の金切声」に他ならない。

二つの「原音楽」の葛藤は遂に死の旋律の勝利によって閉じられるのである。

僕は僕の身体が、速く速く闇の中を落ちて行く音を聞いた。それは昔僕が塔の階《きざはし》の途中で躓いた時、七つの銀の鍵束が鋭く空気を切って落ちて行く時の音に似ていた。僕は鍵束のように落ちた。それは僕の死だった。

鍵束の落下音は今や「僕」の落下音と共鳴し、冒頭から予告されていた死のドラマが完了したことを告げている。最後の一文「それは僕の死だった」は、既に言わずもがなの印象を与えるかもしれない。しかし、この一文にこそ、私は福永武彦の作家としての誕生を読みたいと思う。この一文によって「僕」の「死」は確固たるものとなり、福永自身は表現者としての「転生」の契機を把むことができたのではないだろうか。というのは、彼は作中の「僕」に死を与えることによって真に文学者としての地歩を獲得したのだし、「死」の中に潜む真の「生」の探求者として「転生」し得たからである。以後、福永文学において「死」は必然的に終末の意識と結びつき、冥府からの蘇生を主題とする独自の「世界」を構築して行くことになる。この「世界」を描くため、彼は「時の停止」という形而上的観念を導き出す。

今こそは「時」の遂にとどまる時！　終末の時は

奔流の如く、どよみ、砕け、枕辺にこだまして、
（「死と転生Ⅰ」）

今、死はひとりうたひ、「時」はとどまり、
おちて行く僕の心、何ものもとどめ得ぬ。
（「死と転生Ⅱ」）

福永文学の命題は、「死」と「転生」を巡っての執拗な探求にあると言っていい。そこに描かれる「世界」がどれほど日常的現実に接近しようが、それ故にますます、彼が探索するものはひとえに文学言語の絶対的自由——表現者としての実存の確立——に他ならない。それは「僕」の死を契機として、終末論の形象化へと架橋するものである。

## 2

我々は福永文学の至る所に、「時」の停止が喚起する恐怖の感情を見ることができる。この点において、福永の時間意識は、ボードレールのそれと正反対の趣を持っているといえよう。たとえばボードレールが、

時間！　恐怖と非情の不吉な神！

（韻文詩「時計」）

と歌う時、「時」は刻一刻と詩人の頭上に降り積もり、彼を「地上へと傾かせる」（散文詩「酔え」）怖るべき敵とみなされている。したがって、福永の場合とは逆に、「時」の停止は限りない至福の一瞬として描かれ、精神の絶対的自由を保証する福音の観念を導き出す。

違う！　もはや分などない、もはや秒もない！　時は消滅した。君臨しているのは〈永遠〉、歓喜にあふれた永遠なのだ！

（散文詩「二重の部屋」）

だが、「時」の停止が、福永の場合のように悲劇的終末として描かれようが、ボードレールの場合のように至福の一瞬として描かれようが、そこに「死」のイメージが重なっていることに変わりはない。ただし、ボードレールにおける「至福の一瞬」は決して真の終末ではなく、次の瞬間、現実への回帰によって跡形もなく消失する定めを担っている。

しかし、重く恐ろしい一撃が扉に鳴り響き、地獄めいた夢の中でのように、私は胃に鶴嘴の一撃を受けたような気がした。〔……〕

恐ろしい！　私は思い出す！　思い出す！　そうだ！　この茅屋、永遠なる倦怠のこの棲み

家こそ、まさに私のものなのだ。〔……〕

おお！　そうだ！　〈時間〉が再び現れた。今や〈時間〉が王者として君臨する。〔……〕まったく確かな話だが、今や秒は、強く厳かに刻まれ、その一つ一つが、柱時計からあふれ出して、いうのだ――「私こそが〈生〉だ、耐え難く情け知らずの〈生〉なのだ！」と。

（散文詩「二重の部屋」）

ボードレールが散文詩集に描こうとしたのは、まさしくこのようにして夢から覚醒した（死から転生した）現実の生のドラマである。こうして詩人は、散文的現実がそのまま詩的現実として成立するような新奇なるポエジーを創出する。そのために『悪の華』という冥府の遍歴が必要だったことは言うまでもない。『悪の華』の末尾「旅」において「未知」へと自己投入した詩人は、『パリの憂愁』において、新たなる詩法の探求者として見事に転生を遂げているのである。勿論この場合、新たなる詩学が白日の下に展開するはずがない。冥府より復活した詩人は、より深く「憂愁《スプリーン》」に彩られた薄明の世界を散策し、いわば〈死者の眼〉によって現実の生を描出する。ここで「憂愁《スプリーン》」というのは、決して一義的な感情のことではない。福永武彦が「怒り、悲しみ、空しさ、虚脱感、無価値感、それらの総和が憂愁なのである」（『ボードレールの世界』）と述べているように、「憂愁《スプリーン》」とは（まずは）諸感情の総和であり、更に（どれほど逆説的に聞こえようとも）、明確な意志に貫かれた強靭な批評精神の謂である。

黄昏時よ、あなたはなんと和やかで優しいことか！　自らの後に来る夜の勝ち誇った圧迫の下におかれた昼の断末魔さながら、未だ地平にたなびく薔薇色の微光、落日の最後の栄光の上に、不透明な赤色の染みをつける燭台の灯火、不可視の手が〈東方〉の奥からたぐり寄せる重い垂れ布、それらは、人生の厳粛な時刻に人間の心の中で葛藤する、諸々の複雑な感情を模倣しているのだ。

（ボードレール「夕べの薄明」）

ここで「憂愁《スプリーン》」は「黄昏」に仮託され、パノラミックな広がりの中に壮麗なイメージを創出している。これらのイメージがいずれも「諸々の複雑な感情」の喩として用いられていることに注目しよう。詩人はもはや黄昏を歌うことによって抒情を駆り立てようというのではなく、美を讃め称えようというのでもなく、彼が「錯綜した奇異な感情」（散文詩「紐」）と名付けた「憂愁《スプリーン》」の意識を何とかして詩句に構築しようとしているのだ。

いわば認識論に基づく冷ややかな精神――批評的自意識たるイロニー――がこの一節を支配していると言える。ボードレールにとって「憂愁《スプリーン》」とは、単なる情緒や気分ではなく、詩的創作《ポエーシス》の原理――詩学――としてこそ捉えられるべきなのだ。ボードレールが晩年の全詩魂を傾注した散文詩集に『パリの憂愁』という表題を考えたことは重視されるべき事実である。『悪の華』第一章に見られる「憂愁と理想」においては、未だ「憂愁」は、「理想」という対立項を持つことによって、いくつかある概念のうちの一つを占めるに過ぎなかった。だが、散文詩集において「憂愁」は、より広い意義と濃い色彩を帯びることによって、詩的理念の中心を占めるものとなった。そこに展開される情景は実に多様で変化に富むものであるが、それらはあたかも「憂愁の詩学」というプリズムによって分化した光線のように、明確な構造式に従って現れている。

いたる所に歓び、金儲け、散財があった。いたる所に明日からのパンの確信があった。いたる所に生命力の熱狂的な爆発があった。そしてここには、絶対的貧困、凄まじさを通り越して滑稽さを感じさせるほどにボロ着の貧困があり、技巧というよりはるかに必要から生じるコントラストがあった。

（ボードレール「年老いた香具師《やし》」）

ボードレールの散文詩には、しばしばこのように、生の高揚と弛緩（歓喜と悲惨）が苛酷なまでに明確なコントラストによって描かれている。この対位法《コントルポワン》もまた、批評意識たるイロニーの表出と言えよう。ボードレールの晩年の詩学は、詩人生来の「二重性」を「超自然主義《シュルナチュラリスム》」による照応の理論によって融合することから、「イロニー」の詩法によって構造化することへと移行していったように思われる。このイロニーによる構造化が「憂愁の詩学」である。これによって「悲惨」の写実的描写は即刻ポエジーと化し、「歓喜」の超自然的描写は「悲惨」に彩られることによって一層その輝きを増し、その相互作用が全体として一つの動的《デイナミック》な詩空間を創出することになる。我々が「二重の部屋」の超自然的描写と写実的描写のせめぎ合いの裡に見出す奇妙な美しさも、「道化と美神と」の中に見る「沈黙の饗宴」の冷ややかな熱狂も、実はこのような意志の詩学のあらわれに他ならない。この詩学はまた、散文詩「バッカスの杖」において一層明確に示されている。

> 棒、それは真直で、強固で、不屈なるあなたの意志だ。花々、それはあなたの意志をめぐる、あなたの幻想の逍遥だ。〔……〕直線とアラベスクよ、意志と表現よ、意志の一徹さと言葉の曲折よ、目的の一貫性と方法の多様性よ、天才の万能にして不可分なるアマルガムよ、いかなる分析家が、あなたがたを分割し分離しようなどという忌わしい勇気をもつだろうか？

意志と空想力の幸福な婚姻の喩たる「バッカスの杖」は、多を数へと昇華する詩的秩序——音楽——の象徴である。しかし、ボードレールの「音楽」が詩的創作《ポエーシス》の多元論を実現するために殆ど耐え難いまでの緊張を必要としているように、意志と空想力の婚姻もまた決して単なる幸福に尽きるものではない。「強固で、不屈なる」意志が詩作の上で要した苛酷な試練の実態を、我々はボードレールが遺した日記や書簡の裡に見ることができる。彼が「時間の観念と感覚」という悪夢から逃れる方法として挙げた「快楽と仕事」（『火箭』）という概念は、彼の詩学を待って始めて理解され得るはずである。「快楽」とは、空想力あるいは夢想による時間意識の消失——忘却——への志向を意味し、一方「仕事」とは時間との競合を意味し、意志の力——「勇敢な否認」（散文詩「誘惑」）――による永続的快楽の企てに他ならない。あくまで人間的な意志の下にあらゆる詩的想像力を統御し支配すること、なおかつその意志を巡って逍遥する空想力が「十分に柔軟」であること、この二つの条件を同時に充たす詩境を確立するには、「憂愁の詩学」がどうしても必要だったのである。

## 3

ボードレールが遺した散文詩草稿の中には、「世界の終り」という題名と、おそらくその一部とみなされる二、三の断片が見られる。福永武彦が、ボードレールのこの書かれなかった作品を主題として「世界の終り」という短篇小説を完成したことは、周知の通りである。しかし、彼の第一作「塔」とボードレールの散文詩草稿との関連については、意外にもこれまで黙殺されてきたようである。

迷路の塔。僕は決して外に出ることができなかった。僕は永久に、崩れゆく建物の中に、秘密の病気に犯された建物の中に住んでいる。

（ボードレール「散文詩草稿」）

これはボードレールが見た多くの「悪夢」の一つをメモ書きしたものに過ぎない。だが、もしこの「悪夢」が明確な意志の下に作品として構築されたなら、我々はボードレールの終末観を一つの動的なタブローとして鑑賞できただろう。この断片において、「塔」が自己意識の深淵を意味し、そこから永久に逃れられないという運命を暗いペシミスムの筆法で描いている点に、福永作品との共通点を見ることは容易だ。しかし、ボードレールは遂に自らの終末観をタブローとして完成し得なかった。「世界の終り」のモチーフも、結局(『火箭』に含まれる長い一節も含めて)断片を残すのみで、遂に作品として構築されることはなかったのである。ボードレールの「憂愁の詩学」はあらゆる日常的現実を即刻詩的現実へと昇華する「バッカスの杖」だったのだが、自らの終末だけは遂に描き得なかった。これは決して逆説ではない。終末を持たぬことこそ、彼の「憂愁《スプリーン》」の真因なのである。

書かれなかった「世界の終り」には、詩人晩年の世界観が色濃く映し出されている。それは端的に言って、人間的意志の堅固さに裏付けられた絶対的自由の思想である。森羅万象を描き尽くそうとも、また自己意識の隅々までを言語化しようとも、その終末を描くことは詩人としての意志の美学を放棄することに他ならぬ、そのような感慨を詩人が本当に抱いたかどうかはわからない。ただ、そう仮定することは、少なくとも、ボードレール晩年の詩学をより明確に把握するために有効であるとは言えないだろうか。あえて極言すれば「世界の終り」はボードレールの究極の作品であった。これを書き得なかったことは、彼の最大の過失であり真の敗北と言い得るだろうが、その敗北にこそボードレール詩学の究極の美意識があった。詩人が最期に発したと伝えられる「畜生《クレノン》」の一言の中にこそ、その全ての謎が秘められているのではないだろうか。

## 4

福永武彦が「塔」において提示し、「世界の終り」で完成を試みたのは、人間的意志の自由と運命の葛藤による「死と転生」の物語である。彼はボードレールの書かれなかった作品を出発点とすることによって自らの「世界」の構築を試みた。

福永の短篇「世界の終り」は、ボードレールによる次の断片をエピグラフに持つ。

忘れられた過ちによる死刑宣告。恐怖の感情。私は告発に対して文句を言わない。夢の中の、説明の出来ない大きな過ち。

（ボードレール「散文詩草稿」福永武彦訳、「解説的ノート」『パリの憂愁』岩波文庫）

死刑宣告を受けた詩人は、もはや人間の世界（日常的現実）に住むことはできない。だが、それが「忘れられた過ち」によるものだとすれば、彼はいかにして自らを償い得るだろうか。彼の存在自体が死刑宣告の原因なのである。ここには一種の原罪の観念が働いている。しかし、このように多分にカトリック的な原罪の意識を元に福永武彦が完成した世界は、実に東洋的な、自己消滅への願望の物語に他ならなかった。

短篇小説「世界の終り」は四章から成っている。そのうち第一、第四章は女主人公の内的独白による散文詩風の文体から成り、第二、第三章は心理小説風の物語構成によって書かれている。第一章「彼女」、第二章「彼」、第三章「彼と彼女」、第四章「彼女」という構成は、福永が得意とした交響曲的書法と呼応しつつ、晩年の大作『死の島』を予告するものとしても興味深い。しかし、この短篇においてより重要なことは、福永が詩と物語の複合形式を採ることによって「内」の現実と「外」の現実を対立し合いながらも調和し合う補色の関係として捉え、自立した「世界」を構築し得た、という点にある。

ここで福永武彦の「原音楽」は肯定と否定を示す「いる」(または「ある」)と「ない」の旋律によって歌われている。

何かの前兆のように空が一面に燃えている。前兆ということはない。〔……〕私はどんどん歩く。私は歩かなければならない。私はこの大通りを出外れた寂しい岡の上へ行く。私が来るのは此処で市場じゃない。〔……〕

いいえ私は怖いとは思わない。いいえ私は怖いということがよく分らない。私はずっと前から、怖いという一つの状態の中に生きていて、それと怖くないという状態との間に、区別をつけることが出来なくなっている。どうせ世界はいつかは滅びるのだし、それが今だってもっと先だって大した違いはない。それに私はもうとっくに滅びてしまっているのだから、前に、ずっと前に。私はもういないのだ。私はもう影なのだ。

お前は死ぬ。

喘ぐようなリズムの中に「存在」と「不在」のせめぎ合いが見られることは、『風土』の場合と同様である。ただ、『風土』があくまで二つの主題の対立葛藤として描かれていたのに対し、「世界の終り」における存在と不在の対立は、冒頭から不在が勝利を収めるべく暗いペシミスムの色彩に染められている点に、大きな違いが見られる。第二、第三章の物語においても「彼女」の魂の深淵は謎のまま放擲されており、名付けようのない不安が「彼」の心を占めたまま、物語は終焉に向かっていく。

第四章は再び「彼女」の内的風景の描写である。「世界の終り」の確信はますます強いものとなり、存在と不在の葛藤は一層執拗に自己意識の分裂を促していく。随所に挿入される「もう一人の私」の呼声は次第に確信に充ちた響きを伴うようになり、自己意識の死＝世界の終りを断言する。

しかしお前は今思い出す。

私は何を思い出すだろう。
世界は既に終ったことを。

今や断固たる確信を持って勝利を告げるのは不在の呼声であり、こだまのように消え去っていくのは存在の最後の呟きである。

今や私は知っている。この診察室の中で、誰が私を待つかを。何が私を待つかを。だから私はドアの冷たい握りを摑む。私はゆっくりとそれを廻す。私は中へはいる。
それはそこにある。
それはそこにある。私は見る。

「それ」は福永武彦の「暗黒意識」の究極を示す代名詞である。「塔」の末尾で「それは僕の死だった」と呟いた詩人は、幾度となく「僕の死」を体験し、その都度新奇なる生を求めて「転生」を試みるのだが、常に待ち受けるものは「死」の意識に他ならない。繰り返し「死」を経た魂はもはや「死」そのものの中に「生」を求めるしかないだろう。「塔」の前後に『風土』が書かれたように、「世界の終り」は一層その「暗黒意識」を色濃くしつつ最後の長篇『死の島』への契機となるわけだが、そこに描かれる「世界」はやはり〈死者の眼〉によって貫かれていると言えよう。『死の島』全体についての考察は後章に譲るとして、ここでは福永武彦の終末意識を示す、ごく短い一節のみを引用しておきたい。

さよなら、とわたしは言った。
さよなら、と綾ちゃんは言った。
わたしのもの、とそれは言った。

（福永武彦『死の島』「内部　L」）

「それ」は全ての人間感情を超えた終末の意識であり、この長篇小説全体の雰囲気を支配する絶対的深淵を暗示している。あらゆる色彩を拒絶する究極的な「生」の暗黒――それはまた「死」の究極的な姿でもある――を作品に定着するために、福永は全ての名詞を拒絶し、「それ」に最後の一言を託した。福永武彦の最後の「それ」とボードレールが最期に放ったと伝えられる「畜生《クレノン》」とは、何と似通った悲痛さを帯びていることだろう。しかし、福永の「それ」とボードレールの「畜生《クレノン》」を識別する最大の相違は、「それ」が沈黙の中にこだまする呟きであったのに対し、「畜生《クレノン》」があらゆる音響のせめぎ合いの中を貫通する大いなる絶叫であった点にある。ボードレールの最期はあくまで悲痛な意志の美学による英雄の死――絶対的自由のための永劫のエポケー――であった。そして福永武彦の最期は、名付けられぬ「それ」が示すように、「死と転生」の無窮の反復の果てに位置する絶対的深淵――「運命」という普遍的無意識の境地――に他ならなかったのである。

【付記】

ボードレールの引用は特に断りがないかぎり拙訳に拠った。ただし、『パリの憂愁』中の作品タイトルは福永武彦訳に拠っている。

# 第四章　冥府の中の福永武彦——ボードレール体験からのエスキス

## 1

福永武彦の中篇小説「冥府」は、雑誌『群像』昭和二十九年四月号および七月号に掲載された後に同年単行本化され、次いで昭和三十一年に中篇「深淵」と共に『冥府・深淵』として刊行、更に昭和四十四年には「夜の時間」をも加えて『夜の三部作』として刊行された。また、『夜の三部作』は全冊著者署名の入った「限定版」(昭和四十五年)も刊行されている。このように、「冥府」は、単行本だけで十六年間に都合四度にわたって出版されており、作者がことのほか重要視した作品だったことが窺われる。

「冥府」の初版が出た昭和二十九年といえば、福永武彦は三十六歳、既に二つの長篇『風土』(昭和二十七年)と『草の花』(昭和二十九年)、それに短篇集『塔』(昭和二十三年)を発表してはいるものの、未だ新進気鋭の作家だったと言える。これに対し、「冥府」を含む『夜の三部作』が出版された昭和四十四年は、『死の島』（昭和四十六年）を除く主要作品が世に出た後であり、その『死の島』も既に昭和四十一年以来雑誌連載のかたちで徐々にその全貌を明らかにしつつあった。つまり、「冥府」の初出から決定版に至る十六年間というのは、およそ福永の文学的出発から到達まで、彼自身の言を借りるなら「roman-puriste〔純粋小説〕としての」「「風土」から「死の島」までで一つの円環を閉じ」[1]るまでの殆ど全期間を占めていることになる。

作家自身が殊更に愛着をもったと想像される中篇「冥府」は、しかし、一般にはあまり高い評価を得ていないようである。今日までかなりの数量におよぶ福永論の中でも「冥府」を中心に取り上げた論考はごく僅かであるし、稀に見られる「冥府」論や『夜の三部作』論においても、概してあまり芳しい評価は為されていない。中には「要するに自己を裁断する鋭敏さと、自己を無限の闇の内に在る何者かであると確信する、小説にすがりつくような甘さとの間でこの物語は終始し続けていたと言ってもいい[2]」（栗坪良樹）などと、この作品を（わざわざ）論じたことの動機さえ不明の全面否定までである。

これはいったいどういうことか。作者の自己評価が必ずしも客観的評価とは一致しないということの一例ととらえるべきか、あるいは、何らかの理由によって長らく誤解を受け続けている作品の一例と見るべきか。私見によれば、中篇「冥府」は、福永の最良の作品とは言えないにしても、最も重要な作品の一つであることだけは疑いない。福永武彦の主要作品を一つの全体として見た場合、その梗概をごく簡単に（敢えて図式的に）示すなら、芸術家の〈生〉の現場としての「風土」を最初に描き切った作家が「冥府」を彷徨し、「忘却の河」を渡ることによって〈死の意識〉を明視し、その間に「廃市」や「海市」といった〈死の空間〉を描き出しながら幾多の試行錯誤を繰り返し、ついに〈生／死〉の多重空間たる「死の島」を発見するまでの物語、ということになるだろうか。その場合、「冥府」とは、〈生／死〉の多重構造を（自力で）見出すためにどうしても体験しなければならない、「殆ど永遠と言ってもいいほどの」（「冥府」）長い時間の喩のことだ。

福永武彦の文学的達成の最高峰が『死の島』であるとする定説に、私はまったく異論はない。が、この長篇が世評の高さのわりにはあまり論じられることのない理由をいくつか考えた場合、私はそこに、中篇「冥府」の世評の低さを数えなければならないと思う。『死の島』は福永の終生にわたるライトモチーフの驚くべき集大成として構築されているのであり、その構造物の全容を知るためには福永文学の全体像の明視が不可欠なのである。とりわけ福永自身が執拗に愛着を示したと考えられる「冥府」を（作者と共に）彷徨してみることが必要なのではないか。以下に、その彷徨と探索の一例を示してみたいと思う。

## 2

福永の最初の書物『ボードレールの世界』（昭和二十二年）は、あらゆる意味で〈福永武彦の世界〉の原点を示すドキュメントである。福永が終生の主題とした生・死・冥府・深淵・音楽・照応・旅・愛・孤独・象徴・憂愁といった概念が、ことごとくここで語られ、分析され、鑑賞されている様は、まるでこれが一冊の福永武彦論でもあるかのようだ。この書物は、福永自身のその後の文学活動のすべてを予告していると言っていい。彼の言葉を借りて言うなら、『ボードレールの世界』は（長篇『風土』以前にすでに）作家福永武彦の風土を決定した作品である。

この書物はまた、今更言うまでもないことだが、第一級のボードレール論として、特に『悪の華』成立の内的必然を描いたモノグラフィとして、今日なお高い評価を受けるべき評論である。だが、そのような充実した論考であるにもかかわらず、いや、むしろそうであるからこそ逆に、今日のボードレール研究の現状から見て、いささかの問題がなくはない。ボードレールの〈世界〉を己自身の〈世界〉に照応せしめようという熱意が、ともすればあまりに性急な一元論的解釈を導く原因となっているのである。その端的な例は、たとえば次のような一節に見られるだろう。

『冥府』なる綜合的な題の下に発表された詩の殆どすべては、憂愁に包まれた精神的風景を歌っている。「雨ふる二月が……」に始まる「憂愁」、「千年の齢を持ったよりも、なお私には多くの思い出がある」という「憂愁」、「私は時雨れる国の王にも似ている」という「憂愁」、「空は夜よりもなお悲しい日を私等に降り注ぐ」という「憂愁」、〔……〕。

ボードレールが一八五一年に『冥府』の総題の下に『議会通信』に発表した十一篇（後に『悪の華』に収録される）をめぐって、とりわけ「憂愁 Spleen」の概念を中心に論じた一節だが、ここに明らかな誤謬を見出したボードレリアンは決して少なくないだろう。

ここに挙げられている計四篇の「憂愁」のうち、実際に一八五一年に『冥府』詩篇として発表されたのは、最初の「雨ふる二月が……」に始まる「憂愁」（『悪の華』第二版の七十五番目、以下FM七五と略記）のみであり、[3]それ以外の三篇の「憂愁」（FM七六・七七・七八）は一八五七年になって初めて発表されたものだ。明らかに福永は、「憂愁」と題された四詩篇のうち三篇の成立年代について誤りを記していることになる。ちなみに、右の引用の後には、さらに十篇の『冥府』詩篇への言及が続くのだが、そうすると合計十四篇もの『冥府』詩篇が存在することになり、直前に見られる「十一篇の詩」という記述と矛盾してくることは明らかだ。

ボードレールの「憂愁」詩篇の成立過程が意味するところについては、以前に別の論考で詳しく述べた[4]ので、ここで繰り返すことは避けたいが、その結論のみをごく簡潔に記すなら、要するにボードレールの〈憂愁 Spleen〉とは（福永が言うように）一八五一年に一挙に獲得された概念なのではなく、一八五一年の『議会通信』（十一篇発表）から一八五五年の『両世界評論』（十八篇発表）へ、そして一八五七年の『悪の華』初版（全百篇）へと、次第に深さと広さを拡大しながら徐々に生成していったのであり、さらにその後も一八六一年の『悪の華』第二版（全百二十六篇）から一八六九年の散文詩集『パリの憂愁』（死後出版、全五十篇）へと至る過程で変化し続けた、多義的にして流動的な概念だった。一言で要約するなら、ボードレールの〈憂愁〉とは決して福永が言うような一元的・静態的な概念ではなく、実は多元的・力動的な概念だった。一八五一年の段階で成立していた「憂愁」がFM七五のみであり、[5] 残る三篇は一八五七年まで書かれていなかった（少なくとも完成はしていなかった）という事実を見落としている点に、福永の「憂愁」解釈の大きな欠陥があることは明らかである。つまり、福永武彦は『悪の華』の中心理念たる〈憂愁〉を解釈するにあたって、決定的な錯誤を前提としていたことになる。

　ここまで書いてきたところで、性急な読者のために大急ぎで次のことを付言しておかなければならない。私は何もここで、福永のボードレール研究者としての欠陥を批判したいわけではないし、その錯誤を非難したいわけでも全くない。私が明らかにしたいのは、福永がそのような錯誤を（知ってか知らずしてか）敢えてその初の書物に書き記したという事実、言い換えれば己の文学的出発に際して一元的・静態的概念としての〈憂愁〉にこだわらなければならなかったという事実が、その後の豊かな作品群の実現とどのようにかかわっているのか、という点につきる。平凡な正解よりも個性的な誤解の方が、はるかに豊かな創造を生み出す契機となることがしばしばあるが、福永武彦の憂愁理解（誤解）こそ、正にそのような創造的な錯誤にほかならなかった。

　福永はボードレールの〈憂愁〉を「冥府での精神生活を最も端的にしるしづけるもの」（『ボードレールの世界』）として、一八五一年に既に成立していた（そしてその後変わることはなかった）と理解した。だが、実は一八五一年に成立していたのは「憂鬱《スプリーン》の発生する舞台」（阿部良雄[6]）のみであり、〈憂愁〉そのものは、より意識的な理念として、その後さまざまに変容を続けていったのだった。一八五七年初出の「憂愁」三詩篇（ＦＭ七六・七七・七八）に見られる空間的時間的かつ力動的な〈憂愁の精神〉の肖像は、その変容の跡を示すのに十分な質量と奥行きを備えている。これに対し、福永の〈憂愁〉は、極めて静態的な状態を保ったまま、ある一つの情景を執拗に描き続ける方法を選択した。まるで静止画像のようなその描写は、彼が〈冥府〉と呼ぶ世界を奇妙に落ち着いた光線で照らし出し、一種独特なポエジーを醸し出している。例えば、次の一節に見られる〈冥府〉の風景などは、ボードレールからの影響を考慮に入れたとしても、なお独自の抒情性を湛えているとは言えないだろうか。

表へ出ると夕暮に近い薄明が僕の周囲に漂い、空気は重たく沈んでいた。銀杏の枯葉が狭い露地に絨毯《じゆうたん》のように敷きつめられ、それは僕の靴の下でかさこそと涼しげな音を立てた。空は曇って、灰色の雲が幾重にも層をなして頭上に懸っていた。そうだ。それも僕には分らないことの一つだった。なぜこうもしばしば、時刻は黄昏に近い曇った日の午後で、季節は秋の終りなのだろうか。此所では時間は、それ自体の進行を持たないかのようだった。

この描写が生み出している独自の抒情とは、「僕」のおぼろげな身体感覚と曖昧な疑念によるものと考えられる。「靴の下でかさこそと涼しげな音を立てた」という微妙な聴感覚の表現は、すべてが悪夢の中での出来事のように曖昧な薄靄に覆われているこの小説世界にあって、奇妙な鋭敏さを殊更に強調している。また、「黄昏」と「秋の終り」に停滞する（ひとまずボードレール的と言っていい）時間と季節の設定は、「僕」の疑念によって微妙なニュアンスを帯びるように設定されている。こうした作品世界の幻想性そのものは決して独創的ではないにせよ、その幻想性に微妙な揺れをもたらす微かな感覚や疑念といった要素は、この作品に、単なる幻想小説に止まらぬ感覚的リアリティを与えている。〈憂愁〉が静態的《スタティック》なままに僅かに微動している場面、と言えばいいだろうか。

〈憂愁〉の気分がより重く沈潜する場面では、この「黄昏」は直ちに「夜」へと変じ、また「雨」の情景へと転じることもあるのだが、明るい日射しが溢れる場面はただ一つの例外を除いて描かれていない。その唯一の（だが重要な）例外について論じる前に、「冥府」の物語構造を少し説明しておかなければならないだろう。

## 3

題名からして明らかにボードレール的と見られる中篇「冥府」は、次のように始められている。

僕は既に死んだ人間だ。これは比喩的に言うのでも、寓意的に言うのでもない。僕は既に死んだ。地上に於ける僕の生命の期限は切れた。僕の心臓は鼓動を止め、呼吸は絶え、僕の目蓋は誰か親切な人間の手で閉じられた。しかし僕は、誰が僕の目蓋を閉じてくれたか、またその時僕を見送ってくれた人間の眼に一滴の涙がこぼれたか否か、知らない。僕は僕の死んだ後のことは何も知らない。いな、自分の死んだことさえも、最初、意識に登ることはなかった。

この書き出しは、前作「塔」（昭和二十三年）の末尾「それは僕の死だった」を直接に引き継いでいる。未知の生に冒険を求めて塔の七つの部屋を遍歴した主人公が、最後に深淵の底へとまっさかさまに落ちて行くこの最終場面で、一見蛇足と思われかねない最後の一文「それは僕の死だった」について、私は前章で、これを「『死』と『転生』を巡」る福永文学の創作宣言と位置付け、「冥府からの蘇生を主題とする独自の『世界』を構築して行く」出発点であった、と論じた。

だが、「冥府からの蘇生」とは極めて困難な事業であり、これを文学作品に実現するには甚大な努力といくつもの試行錯誤が必要だった。その見事な達成を、我々は二つの長篇『忘却の河』（昭和三十九年）と『死の島』（昭和四十七年）に見ることができるのだが、その達成までの過程は決して単純なものではなかった。「塔」の末尾に「僕の死」を記した後、「冥府」が書かれるまでに要した時間だけでも、約六年が費やされているのである。もっとも、この間には長い闘病生活があり、執筆を断念していた時期も含まれてはいるのだが、一方で長篇『風土』（昭和二十七年）と『草の花』（昭和二十九年）を完成していることから見ても、「冥府」の主題が作家にとってどれほど執筆困難であったかが窺われよう。「作品は常に遺書の代りだった(7)」と言う福永が「僕にとって極めて自然な発想(8)」であった「冥府」の主題にようやくとりかかるのは、昭和二十九年一月のことである。「僕の死」以後を描くこの奇妙な作品世界は、作者が自ら述べるように、「現実を死者の眼から(9)」描き出したものである。この一見不可能とも思われる視点の設定は、やはりボードレールの〈世界〉から福永が抽出してきたものと想像される。例えば、物語の冒頭近くで「僕」が歩く街の様子の描写――「空は一面に濁った、鉛のような色をして、雲の形はなく、空の全体が一つの雲だった。謂わば曇った日の黄昏のようだった。僕はずっと前から歩いていた。ずっと前からこの昼のものとも夜のものともつかぬ黄昏のような薄明の中を、せっせと歩いていた。太陽も、また太陽がそこにあると覚しいような雲の中の一際明るい箇所も、なかった」――を読む時、我々は直ちにボードレールの次の一節を思い浮かべることができる。

広大な灰色の空の下、道もなく、芝もなく、アザミ一本、イラクサ一本もない、埃っぽい広大な平原で、私は、身を屈めて歩く幾人もの男たちに出会った。（「人はみな幻想《シメール》を」）

また、「僕」がさまよう夜の街の、次のような群集の描写――

彼等の背は前に屈んでいた。それは何等かの観念に追い詰められた動物のようだった。しかしこれらの獣を追う猟師の姿はどこにもなかった。僕も亦追われている一人だった。夜の更けた街を、こんなに沢山の人たちが黙々と歩いている光景は僕の記憶にはなかった。それは異様に気味の悪い光景だった。連れ立って歩いている者も、立ち止っている者もいなかった。群集はみな足を動かし、どの一人も他人に対して孤独だった。

——においてもやはり、ボードレールの同じ散文詩からのこだまが聞こえてはこないだろうか。

これら旅人の誰一人として、その首にぶら下がり背中に張り付いている兇暴な獣に対して、苛立つ様子をしていなかった。まるで自分の身体の一部とみなしているかのようだった。これらすべての深刻な顔は、疲れ切っていながらも、絶望の色を全く浮かべてはいないのだ。空の憂愁に満ちた円天井の下、その空と同じほど荒廃した地面の砂塵に足をめりこませて、彼らは、いつまでも希望を抱き続けるという罰を受けた者たちの、諦めた表情をしながら、道をたどって行くのだった。

（「人はみな幻想《シメール》を」）

「冥府」の主人公がさまよう街は、明らかにボードレールが〈憂愁〉を主題とする作品に描き出した「憂愁に満ちた円天井の下」の風景に一致している。「冥府」の末尾の一行もまた、人々のせっせと歩き続ける街の上に、一面の雲に覆われた灰色の天蓋が、うすぼんやりした光線をいつまでも漂わせた。

と、「憂愁に満ちた」情景で閉じられるのである。

「人はみな幻想《シメール》を」では、「私」は「幻想＝噴火獣《シメール》」に圧し潰されながら黙々と歩いて行く群集に質問を発するが、要を得た答えはついに返ってこない。一方、「冥府」でもまた、群集は「何等かの観念に追い詰められた動物のように」背を屈めて歩いて行くばかりで、「僕」の疑問はついに明かされることのないままである。両者には、粟津則雄が指摘するように、「幻想的な情景を、きわめて分析的な、抽象的なスタイルで描き出しているという[10]」共通点が、たしかに見られる。

だが、このような比較はまた同時に、両者の相違点をも必然的に明らかにする。その相違点とは、まず第一に、ボードレールの散文詩があくまで一つの情景を凝縮した描写の中に封じ込めた、いわば垂直に切り取られた世界の一断面として提出されている（『パリの憂愁』はこのような断面層の集積からなる詩集である）のに対し、福永の「冥府」が中篇小説としてのまとまった全体と水平的な時間の流れとを——どちらも物語の必然として——有している、という点にある。したがって、ボードレールの場合、今挙げたような〈憂愁〉の情景は、この散文詩に限って言えば作品の殆どすべてなのだが、福永の場合は、あくまで物語の展開にとって前提となる条件の一つにすぎない。(「この散文詩に限って」と言うのは、『パリの憂愁』の全体を対象とした場合、事情が一変するからである。『パリの憂愁』では、このような断面層がいわばパラディグマティクに集められて、いくつもの関係式から成る総合的な詩空間としての散文詩集を構成するのだが、そこで〈憂愁〉は「人はみな幻想《シメール》を」に見られるような静止的・完結的状態に必ずしも止まってはいない。「不都合な硝子屋」や「世界の外へなら何所へでも」に見られるヒステリックなまでの力動性を参照されたい。)

作品「冥府」に見られる「憂愁に満ちた」情景とは、あくまで主人公の気分、感情、あるいは気質のメタファーに止まるものであり、それがたとえ分析的・抽象的に描かれているにしても、一つの理念や思想にまで高められることはない。「人はみな幻想《シメール》を」では「私」が群集とは切り放された観照者の立場を守っているのに対し、「冥府」の「僕」がたやすく群集の一人と化してしまうのも、〈憂愁〉が前者においては一つの理念であるのに対して、後者においては不可避的な気質としてとらえられているためだ。いわば福永は、ボードレールが描出し探求した〈憂愁〉の情景の中に、己自身を投げ入れることによって、自ら〈憂愁〉そのものと化すことを企てたのである。

勿論、ここで言う「己自身」とは、正確な意味で作者自身ではない。作者の意識の一部としての「己自身」であり、また、作者が意識的に生み出した一つの分身のことである。後に作者自身、「草の花」が主人公に作者自身のしっぽをつけていたのに対して、ここでは主人公は作者から独立し、謂わば主人公の住む世界の雰囲気が作者の心的状態を抽象的な模様として写し取っているような構図を取った」[11]と述懐しているように、福永は、ここで初めて「僕」を〈他者〉の位相において描き出す方法を確立した。言い換えれば、「冥府」の「僕」も、「深淵」の「わたし」と「己」も、「夜の時間」の「不破」と「奥村」も、福永武彦の〈対象化された自己＝他者〉としての役割を明確に演じる人物像として造形されているのである。「冥府」の「僕」は後に『死の島』における「或る男」を演じることになり、「深淵」の「わたし」は同じく「相見綾子」を、また「夜の時間」の「不破」は「相馬鼎」を演じることになるだろう。いずれの場合にも、福永の自己意識は、ボードレールの〈憂愁の精神〉から出発しながら、独自の展開によって〈憂愁〉そのものを演じる数々の人物像へと化身していった、ということになる。

## 4

ここで改めて、作品「冥府」のストーリーに目を向けておきたい。先に触れた唯一例外的な光の場面の意味を明らかにするためには、「冥府」の全体構造を前提にしなければならないからだ。

死後の世界である〈冥府〉では、人はただ二つのことを続けるしかない。一つは現世での出来事を思い出すことであり、もう一つは「新生」の可否を決する裁判に参加することだ。ここでは「思い出す」という行為は必ず夢の中で行われることになっており、自らの意志による追憶はいっさいい排除されている。また、「新生」を決する裁判がいつどこで行われるのかは全く予測がつかず、ただ、「被告」とそれ以外の七人の人物が偶然そろった時にのみ、突然「開廷」の宣言が為されるようになっている。このように、すべてが偶然に支配されている、というのがこの世界の特徴である。また、現世の記憶は決して他人から教えられるべきでなく、自分で見る夢によってのみ（自力で）取り戻すことができることになっている。ここでは夢の描写が極めて日常的・現実的――なんなら「私小説的」と呼んでもいい――に描かれている点が注目される。夢が現世の記憶である以上、ごくあたりまえのようではあるが、覚醒時の幻想的雰囲気と睡眠時の写実的雰囲気は、通常の物語の原則を全く裏返しているという点において、実にユニークな設定と言えよう。

「僕」はあてもなく街をさまよううちに、「教授」を自称する老人や自殺した友人や「踊子」と呼ばれる少女に偶然出会う。また、この三人を含む計五人の裁判に参加することになる。物語の前半は、「善行者」「嫉妬した者」それに「教授」の裁判を中心に展開し、「僕」はふとしたきっかけで、「却下」の判決を受けた「教授」と生活を共にすることになる。「教授」と「教授夫人」とのうんざりするほど単調で憂鬱な生活を目撃することに倦み疲れた「僕」は、ついに意を決して、僅かばかりの「希望」を求めて外に出る（ここからが物語の後半部と見ていい）。この小説中唯一の例外である、光の射す情景は、ここで現れる。

雨が次第に小歇みになり、雲の切目が見え始めていた。明るい光が空一面の灰色の襞の間に

ほんのりと射して来た。アカシアの葉群が、身顫いをして滴を振り拂った。蛙が一斉に鳴き始めた。〔……〕

歩いて行くにつれ、空は一層明るく霽れ、僕の心もまた次第に晴れて行った。狭い道の両側には樹が多く、若々しい太陽の光がその上に射していた。僕はどんどん歩いて行った。道が行き尽きると、そこは河に沿った堤防の上だった。

ぼんやりした薄明に覆われた「冥府」の世界で、ここだけが唯一の晴れ間である。「僕」の希望そのもののメタファーである日の光は、ここで突然、現世での最も重要な体験——中学生の頃の純粋な愛の記憶——を呼び起こす。この情景もまた一つの夢にすぎないことにやがて気付いた「僕」は、再び「空はいつのまにか雲に覆われて、ぼんやりした光が空中に漂って」いる風景の中を歩き出すのだが、その時ふと「僕」は、さきほど垣間見た愛の対象が「踊子」であることに気付く。〈暗黒意識〉の対極に位置する福永のもう一つの主題である〈幼年〉のイメージが、一条の明るい光線となって、「僕」にただ一つの希望を与えるのである。

物語は、この場面を転換点として、急速にフィナーレへと加速していく。今やはっきりと「踊子」を求める意志を固めた「僕」は、しかし、「一切の地理が分からな」くなっており、唯一の手掛かりだったアパートの「鍵」——この「鍵」もまた、短篇「塔」を引き継ぐモチーフだ——もいつの間にかなくしてしまっていた。「踊子」を探す途中で偶然、自殺した友人の「新生」をめぐる裁判に立ち会い――この場面は自殺をめぐる福永の切実な思想を展開している――、「却下」の判決を見届けた後に再び街を彷徨し始める。〈憂愁〉の気分が一層重くなるのに照応するかのように「のろのろした夕暮が、空の全体を覆」う頃、ふと立ち止まったストリップ劇場で、「僕」はついに「踊子」を発見するが、その瞬間、「開廷!」の声とともに「踊子」の裁判が開始される。「愛しすぎた者」である「踊子」は、繰り返し命懸けの愛に生きた体験と幼い頃の純粋な愛――その愛の対象はまぎれもなく「僕」だった――によって、「踊子」を冥府に引き留めようとする「僕」の横槍にもかかわらず、ついに「新生」の判決を得てしまう。

――新生! この女から一切の冥府の記憶を剥奪せよ! この女に完全なる忘却を与えよ!

その声は最早人間の声ではなかった。それは僕の内部を雷鳴のように通り抜けると、文字通り火花となって燃え始めた。そして僕は燃え上るものの中で、わずかに、間違っている、間違っている! と叫び続けた。しかし焔は僕の内部で次第に消え、暗黒が僕をひしひしと取り巻いた。僕は何ものをも、最早見なくなった。踊子も、楽屋も、法官たちも、すべては暗黒の中に消え失せてしまった。

こうして「僕」の希望の火は再び消え去るのだが、「あたりのしらじらしい光と同じような、澱んだ、濁った絶望を心の中で感じながら」、なおも「僕」は「踊子」との再会の可能性に僅かな希望の光を見出そうとする。
彼女は秩序へ行った。しかし、いつかは、秩序からまた此所へ帰って来るだろう。待てばいいのだ。希望というものは必ずあるのだ。希望が即ち存在なのだ。僕は彼女がまた此所へ現れるまで待つ。或いは、僕が新生の判決を受けて、秩序で彼女に会うということも考えられなくはない。ともかく待てばいいのだ。愛するということは待つことなのだ。

おそらく凡庸な作家ならここでエンディングにするかもしれないところだが、福永の語りはこれで終わってはいない。「自殺者」をもう一度登場させ、〈冥府〉のより苛酷な現実を告知させることによって、更に絶望的な状況を「僕」に痛感せしめるのである。福永武彦が真に切実な現代人の悲劇を描き得たのは、次のような苛酷な真実を凝視する「死者の眼」を、彼自身が獲得していたからにほかならない。

その時だった。実に簡単なこと、――もし踊子がまた此所へ帰って来たとしても、依然としてその時の彼女が同じ踊子であるかどうかは分らない、というそのことに、僕は初めて気がついたのだ。僕は新生については何も知らない。被告が新生してしまえば、完全なる忘却を与えられてしまえば、それは最早、僕の知っていた踊子とは別の人間になってしまうだろう。彼女が、あの同じ踊子として此所に現れて来る可能性は、殆ど無に等しいだろう。そして彼女はまた新生し、また死に、また新生し、また死に、……そしてそうした繰返しの末に、いつかは、また同じ踊子として、僕の前に現れて来ることがあるかもしれない。しかしそれは遠い先のことだ、それこそ殆ど永遠と言ってもいいほどの遠い先のことだ。

僕はよろめき、そして歩き続けた。それは最早、希望というようなものではなかった。希望というにはあまりにもしらじらしい、微かに心の中で揺れているものだった。しかし希望が僅かでも香料のように残っているから、絶望は一層味が苦いのだ。それは恰も日没前の仄かなうすら明りが、その明るみの故に、夜よりも一層絶望的に感じられるのと同じようだった。

人々のせっせと歩き続ける街の上に、一面の雲に覆われた灰色の天蓋が、うすぼんやりした光線をいつまでも漂わせた。

福永にとって「冥府」とは、このように極めて微細な薄明の希望――「微かに心の中で揺れているもの」――を発見し認識するための、体験としての習作《エスキス》だった。この結末を私は、詩人・福永武彦が真に物語作家としての地歩を確立した記念碑的エクリチュールとして位置付けたいと考えている。そしてまた、まるで死後の生のような現代を生きる人間の宿命を見事に形象化した、ボードレール以後の〈憂愁の詩学〉の系譜に連なる芸術家として――たとえそこに力動的《デイナミツク》と静態的《スタテイツク》の相違があるにせよ、いや、むしろその相違の故にこそ――、福永武彦を位置付けたいと思う。勿論、そのためには福永の最後の大作『死の島』を今一度誠実に検討しなければならない。本章は、いずれ書かれるべき『死の島』論のための素描《エスキス》に外ならなかった。



【注】

(1) 『福永武彦全小説』第十一巻(新潮社)の「序」(一九七四年)。
(2) 「作品論『夜の三部作』」『国文学 解釈と鑑賞』一九八二年七月号〈特集=福永武彦〉、至文堂。
(3) 『悪の華』第二版は一八六一年刊行。初版から削除された六詩篇に代わって新たに三十二詩篇が加えられ、計百二十六詩篇が収められる。今日一般に定本とされるのがこの第二版だが、福永武彦の訳編による人文書院版『ボードレール全集』(全四巻、一九六三—六四年)の第一巻では、「初版」と「第二版」が(多くの重複にもかかわらず)共に全文掲載されており、福永が「初版」を殊更に重視していたことがよく分かる。
(4) 拙著『ボードレール〈パリの憂愁〉論』(砂子屋書房、一九九一年)および本書第一章参照。
(5) 「憂愁」と題された詩篇は他にも二篇あったが、後に題名を変更され『悪の華』に収録された。
(6) 筑摩書房版『ボードレール全集』第一巻(一九八三年)の「注」(五四七頁)。なお、阿部良雄は「spleen」の訳語に(「憂愁」ではなく)「憂鬱」を当てている。
(7) 「『冥府』初版ノオト」、一九五四年。
(8) 同右。
(9) 同右。
(10) 「福永武彦の文体について」『國文學』一九八〇年七月号〈福永武彦へのオマージュ〉、學燈社。

(11)　『福永武彦全小説』第三巻(新潮社、一九七四年)の「序」。

**【付記】**

福永武彦のテクストの引用はすべて新潮社版『福永武彦全集』(全二十巻、一九八六―八八年)に拠った。なお、ボードレールの訳詩は拙訳に拠ったが、作品タイトルは福永武彦訳に従った。

# 第五章　冥府からの展開——「廃市」『海市』そして『死の島』へ

世紀末イタリアを代表する詩人ダンヌンツィオの劇『死都』*La Citta morta* は、一八九八年、パリで初演された。既にローデンバック『死都ブリュージュ』によって時代のキー・イメージとなっていた「死都」のドラマは、サラ・ベルナールの主演ということもあって大評判になった。日本では、この劇が森鷗外によって「廃市」と訳され、次いで北原白秋が詩集『おもひで』序文において郷里柳河を「廃市」と命名することによって、「廃市／死都」は日本近代文学における重要なトポスとしての位置を確立することになる。萩原朔太郎の前橋、室生犀星の金沢、中原中也の山口など、近代詩人たちの郷里のイメージには、いずれも〈廃市〉の影が幾分なりと漂っている。あるいは、近代日本の風景自体がある意味で〈廃市〉のそれと重なるものだったのかもしれない。

……さながら水に浮いた灰色の棺である。

（『おもひで』序文）

白秋が「廃市」を描いたこの一節を、福永武彦は中篇「廃市」のエピグラフに用いた。福永は、白秋の「廃市」が郷里柳河を指しているのに対して、自分の作品は「全く架空の場所」を舞台としているので「同じロマネスクな発想でも白秋と僕とではまるで違うから、どうか nowhere として読んでいただきたい」（初版後記）と述べているが、「死都／廃市」とは元々ある種の「精神状態」の喩である以上、本来的に〈nowhere〉であり、イマジネールな世界像の一つにほかならない。白秋の「郷里柳河」にしても、それはもはや詩人の「おもひで」の中にしか存在しない幻影都市、すでに死の世界に属している向こう側の町にほかならない。「灰色の棺」とは死の世界のメタファー以外のなにものでもないだろう。

福永武彦の小説「廃市」もまた、死の影に濃く染められた「精神状態」を描いた作品である。主人公の大学生「僕」は、卒業論文を書くために、初めて訪れた「廃墟のような寂しさのある、ひっそりした田舎の町」で一夏を過ごす。町の中心を大河が流れ、いくつもの掘割が縦横に刻まれた「水の都」には、頽廃と倦怠が色濃く漂い、石橋の欄干の街燈が「その灯影を水に映していた」。

この町で「僕」が知遇を得た郁代・安子の姉妹と、郁代の夫・直之との間に成立する三角関係を軸に物語は進展していくのだが、ここで「精神状態」の喩としての「廃市」を最も強く体現しているのは直之である。妻の愛と義妹の愛とに引き裂かれながら別の女性と同棲する直之は、頽廃の空気の中を漂う虚無的な生活の果てに、愛人と心中してしまう。この悲劇に遭遇した「僕」は「僅かに三十歳くらいで、人生に疲れたなどと言えるものだろうか」と訝りつつ、「その一瞬に僕は、僕の人生を、未知と期待と幻想とに充ちた未来を、真昼の光の中で不意にちらっと覗いた」のだった(十年後の「僕」を予知するかのようなこの一節については後に触れる)。自分でもそうと意識しないままに安子を愛し始めていた「僕」に、安子はきっぱりと再会を否定する。この町のことなど忘れてしまうのが「あなたの未来」なのだ、と。

「じゃあなたの未来は?」
「こんな死んだ町には未来なんかないのよ。」

安子の予言の通り、「僕」はその後この町のことを忘れてしまう。そもそもこの物語は、「それはもう十年の昔になる」という回想の形で書き始められたものだ。物語が始まりかけた部分で、「青春というものは何と早く過ぎ去り記憶を消し去ってしまうものか」という慨嘆が記され、次いで「僕」が偶然、「その町」が火事で大部分を焼失したとの新聞記事を読んで、十年前の記憶を呼び起こしたいきさつが語られる。

僕はそれを読みながら、僕がその町で識り合った人たちのことを思い、あの町もとうとう廃市《はいし》となって荒れ果ててしまったのだろうかと考えた。

この破局は、「十年前」直之が「僕」に語った次のような予言の実現である。

「いずれ地震があるか火事が起るか、そうすればこんな町は完全に廢市になってしまいますよ。この町は今でももう死んでいるんです。」

「僅かに三十歳くらい」で終末の予感に脅え人生に疲れた直之のニヒリズムは、（部分的にせよ）明らかに十年後の（三十歳の）「僕」に乗り移っている。中篇小説「廃市」は、三十歳の「僕」が二十歳の頃の体験を振り返ってそこに三十歳の他者（＝十年後の自分）を発見する物語である。この時、「もともと廃墟のような」町は、真に「廃市」としてそのイメージを確立する。更に付言するなら、この作品を書いた昭和三十四年、福永武彦は四十一歳だったのだから、ここには、それぞれ約十年を一単位とする三重の時間層が見出されることになる。二十歳の「僕」が発見した三十歳の「僕」を発見しつつある四十歳の「僕」、というように（後章でも言及するが、この時間操作は福永文学においてことのほか重要なものだ）。つまり、福永にとっての〈廃市〉もまた、白秋の場合と同様に、「遂には沈んでゆく太陽の断末魔の反照《てりかえし》」（『おもひで』序文）のみを残して〈過去／幻影／死者〉の側に葬られるしかない虚像なのである。

　このような虚像を虚像と知りながら執拗に現前せしめようというのが、福永武彦の言う「音楽小説」の企図だった、と言えるかもしれない。音楽とは、決してそこに留まることなく虚空に消えていくもの、つかの間も形を止めることなく流れ去っていくものであるために、過去や幻影や死者といった今は亡きものたちを（虚像として）そこに現前せしめるのに最も有効な表現手段と言えるだろう。「廃市」の住人たちもまた、まさしく「音楽のように」虚像の中を彷徨い続けるのである。

「廃市」と韻を踏む長篇小説『海市』（昭和四十三年）では、まさしく虚像そのもののような——福永の作品中もっとも「謎めいた女」と言っていい——女主人公・安見子《やすみこ》が、まるで〈海市〉そのものの精のように、作品冒頭に登場する。

　私はぎょっとなったままその場に立ち竦んだ。その女は灰色のスカートに桃色のスエーターを着ていたが、その桃色も日没の最後の餘燼に不吉なほど赤く血に染ったように見え、頭に巻いたスカーフのあまりが風のために鳥の翼のように顔のうしろで羽ばたいていた。眼はじっとこちらの方に向けられていた。しかし私を見ていたのではない。その眼は私の頭上を越えて、やはり海を、水平線を、雲を、——そして蜃気楼を、見ていたのだ。

「海市」とは、遠い都市の幻影が海上に結んだ像、つまり蜃気楼の謂である。「廃市」が時間の中に浮かぶ幻影であるのに対し、「海市」は空間における幻影であるわけだが、どちらも〈向こう側〉の世界に属している点においては同じである。ついでに付言すれば、「廃市」の安子と『海市』の安見子もまた、韻を踏むことによって類似《アナロジー》で結ばれている。「安見子」とは「見」を内在した「安子」、つまり〈いま・ここに〉見ることのできる「安子」にほかならない。

安見子は「私」の前に蜃気楼のように、幻のように、そして音楽のように出現する。画家である主人公の「私」は、「彼女の周囲」に、「一種の都会的な雰囲気、敢《あ》えて言えば洗練されすぎた一種の頽廢的な空気」——要するに〈廃市〉の空気——を直感するのだが、彼女の眼には「私には理解できない感情が潜んで」いて、いやでも好奇心を駆り立てられずにはいられない。蜃気楼（らしきもの）を話題に声をかけた「私」に対して、彼女はこう答える。

「あたしには人の顔のように見えましたわ。」

〈海市＝蜃気楼〉が「人の顔のように」見えるというのは、それが彼女自身の肖像にほかならないからだ。『死都ブリュージュ』の主人公ユーグが〈死都〉と〈死んだ女〉を同一視したように、『海市』の主人公・澁太吉もまた、〈海市〉と〈幻の女〉を同一視するようになる。

その夜、私の意識は幻の女を中心にして揺れていた。蜃気楼からその女へ、その女から絵の主題へと、揺れ動いた。

以後、バッハの「平均率クラヴィア曲集」に倣ったという構成によるこの作品は、「愛」の前奏曲と「死」のフーガを交互に奏でながら、次第に悲劇のクライマックスへとのぼりつめていくのだが、ここでは作品の末尾、安見子が太吉に出会う場面（冒頭の場面の視点を変えた繰り返し）に注目しておこう。先に引用した冒頭部分と対になってみごとな対位法を構成していることがわかるだろう。

ふとその時、彼女は自分を見詰めている眼を感じた。どうして今まで気がつかなかったのだろう。レインコートを着て何かを小脇に抱えた一人の男が、夕闇の彼方に立って彼女の方を見詰めていた。黄昏の餘燼の残った海の面《おもて》を背景に、男は鴉《からす》のように黒っぽく見えた。その男は岩の上を慎重に踏んで一歩一歩彼女の方へ近づいて来た。そしてその一瞬一瞬に於て、彼女もまた近づいて行きつつあった、運命の定めた偶然の方へ、或いは彼女の死の方へ。

視線の位置から比喩の位相に至るまで、冒頭と末尾の奏でる対位法――まさに鏡状を成したフーガと言える――は完璧と言っていいだろう。女は「赤く血に染った」鳥であり、男は黒っぽい「鴉」である。男は「幻の女」の方へ「蜃気楼」を求めて歩んで行くが、女は「運命の定めた偶然」の方へ「彼女の死」を求めて進んで行く。このように複数の視点によって描かれ構造化された〈死の空間〉にこそ、福永武彦の「暗黒意識」は潜んでいる。「海市」もまた一つの〈死都〉であり〈冥府〉なのである。

福永武彦の「暗黒意識」が生み出した最大の力作は、やはり『死の島』(昭和四十六年)を置いてほかにないだろう。ここでは性急に大作『死の島』の分析を試みるべきではないが、「廃市」から『海市』へ、そして『死の島』へと展開する〈冥府〉のトポスを巡ってなら、手短に次のように指摘することはできる。「廃市」において設定された〈過去＝幻影＝死者〉としての虚像たちが『海市』において一つの明確な人物として像を結び、それが更に『死の島』で世界観にまで拡大されることになった、言い換えれば、〈廃市としての人間〉が一つの作品宇宙の構成原理にまで届くことになった、ということである。

もう少し具体的に述べるなら、長篇『死の島』において、〈廃市〉とは広島であり、〈廃市としての人間〉とは第一に萌木素子のことである。この二つを核にして、様々な位相での〈廃市〉のイメージ――ベックリンの絵画やシベリウスの音楽や登場人物の夢の世界や追憶の世界など――と、〈廃市としての人間〉たち――素子や「或る男」や、主人公が創出する作品内の人物「A子」や「M子」など――が複雑に、だが構造的に絡み合って、作品世界が構築されていく。そして、これらの舞台や人物が多様に響き合って奏でる主旋律こそが、広島での被曝者である萌木素子に代表される〈廃市〉を生きる現代人の苦悩であり、広島＝死の島に代表される〈世界の終り〉のイメージにほかならない。一方、主人公・相馬鼎は、小説家を志す芸術肌の青年である。彼は画家としての萌木素子に興味を持ち、次第に彼女の陰を帯びた自意識の強さに魅かれていくのだが、同時に、素子の友達相見綾子の清楚な若々しさにも魅かれていく。単純に図式化して言えば、素子の能動性と綾子の受動性の両方に魅かれていることになる。物語は、この二人の女性が広島で自殺を図ったとの知らせを受けた相馬鼎が、東京から広島へと向かう二十四時間を軸に進んでいくのだが、その間に、過去十か月ほどの追想の場面、萌木素子の「内部」、「或る男」の独白、それに相馬鼎の書きかけの小説三作品という、六つのエピソードが入り組んで、計七声部から成るポリフォニー小説が編まれていく。

この作品の構成の見事さについては既に多くの評者が賛辞を送っているのだが、何度繰り返し読んでも新鮮な感動を覚えるのは、その構成が単なる意匠に止まらずに、主人公たちの意識の変化生成をこの上なく明晰かつ多面的に描き出すための必然として、精確に機能しているためだろう。主人公の意識の変化生成とは、彼が〈死〉を切実な体験として己の内部に胚胎させるまでの過程、ということである。ここでは、「終章・目覚め」の部分にだけ触れておこう。

人は死ぬ。死によって忘却へと投げ込まれる。それはまるで我々の現在が刻々に死んで行く時間の墓場であるのと同じことだ。もし我々が我々の時間を過去から救い出して意味づけることが出来るのなら、なぜ他人の時間をも過去から救い出して来ることは出来ないのか。なぜ他人の時間をもう一度生きることは出来ないのか。

主人公は、二人の女友達の死を体験して（どちらか一方が死ぬ場合と二人とも死ぬ場合の三通りの〈死〉がパラディグマティクに並べられた「朝」の章は、しばしば論議の対象になるところだが、要するに、幾通りもの〈死〉による体験の深化を詩的ポリフォニーの手法によって描き出している、ということだ）、己の無知と無力を痛感するとともに、〈死〉を生きている過去として現在に甦らせることに、小説を「書く」意義を発見する。「生の内部、それはひょっとすると死と等質のものかもしれない」のだから、そして「死が照し出してこそ、己たちは生の実体を知ることができる」のだから、失われた〈過去／幻影／死者〉を「思い出す」ことは、そのまま想像力による再生＝蘇生と同じ意味をもつことになる。「己の書くものは死者を探し求める行為としての文学なのだ、いなそれは死そのものを行為化することなのだ」という主人公の決意表明は、そのまま福永文学の中心理念でもある。

勿論、このような理念は、理念自体としては殊更に新しいものではない。より重要なのは、その理念が作品の中でどのように実体化しているかということだろう。小説発見の小説として代表的な――それゆえ多くの芸術家小説の先駆と言うべき――プルーストの長篇『失われた時を求めて』では、最後の場面で主人公が発見する「失われた時」の物語こそが、それまで書き継がれてきた長篇全体にほかならなかった、との解釈が可能である。福永の長篇『死の島』の場合も、相馬鼎が発見した「死そのものを行為化する」小説とは、ほかならぬこの『死の島』そのものにほかならない、との解釈は、少なくとも可能性として許されるだろう。我々読者は、その発見が既に様々なモチーフ、テーマ、イメージの連鎖によって、当の作品中に実体化されていることに改めて気付く。この発見は我々読者にこの作品の再読を促し、より精密な、深化した読みを要請する。こうして読者は、繰り返し『死の島』の世界を再発見し続けることになるのである。

このような再発見による読みの一例として、物語の終末近くになって頻繁に現れる雪のイメージに注目してみよう。物語の後半、夕方になってから降り出した雪が次第に大雪となり、相馬鼎が広島に向かう列車の窓からも、「或る男」が逍遥する東京の街中でも、白一色の非日常的な光景が現れ、そこに象徴的なイメージが様々に繰り広げられていく。特に、「或る男」が雪景色の東京を徘徊しながら近い過去や遠い過去の記憶を(内的独白によって)語っていく場面では、まさに生きている過去の現前というべき迫真のイメージが展開し、幾度もの再読に耐える力動的なポエジーが実現していると言えるのだが、それにも増して興味深いのは、結末近く、「深夜」の章で萌木素子の「内部」に降る次のような雪の描写である。

見る限りの夜の空が白く変貌し、見る限りの夜の海もまた白く変貌した。そして空と海との間を占めるすべての空間を、その白い粉末はさらさらと滑り落ちながら、夜の本来の色である凍りついた鉄錆色を塗り消していた。〔……〕まるで若さを証明するかのように啜り泣いている綾ちゃんを取り巻いて、鏡の中の広々とした海の上に音もなく雪が降りはじめた。それとも、泣いている綾ちゃんを見詰めているわたしの眼がその時すっかりそれに捉えられそれに化身して、雪の降りはじめた白く平らかな海の表面のような眼で、彼女を見ていたというのだろうか。彼女を、そしてわたしを、鏡の中に。〔……〕それは塗り潰したカンヴァスの表面のようにわたしの心を真白く塗り潰した。しかし今ほど空も海も一面に真白い雪に覆われていることはなかった。なぜならば今ほどそれとわたしとが一体になったことは嘗てなかったから。今はもうそれはわたしで、わたしはそれだったから。

海も空も、のみならず鏡の中の虚像までが、ということは世界中のすべてが、雪の白さに飲み尽くされる。この瞬間、「わたし」はついに「それ」と完全に一体となり、生と死の合体が完成する。雪はその一片がそれじたい時間のメタファーであり、記憶や過去や死者のメタファーでもある。福永が愛したボードレールの「象徴の詩学」とは、このように事物と観念との間の完璧な照応関係を見出す魔術のことである。『悪の華』のあのすばらしい一節を引用しておこう。

そして〈時間〉は刻一刻と私を飲み込んでいく、
まるで硬直した体を大雪が飲み込むように。

（ボードレール「虚無を好む心」）

ボードレールにとっても福永にとっても、雪は〈時間／記憶／幻影／死者〉の喩にほかならない。街が雪に覆われるというのは生が死に飲み尽くされることであり、大量の時間、膨大な過去、無数の死者たちの累積によって、世界が〈廃市〉と化すことにほかならない。

先程引用した萌木素子の「内部」の雪景色は、実は彼女が見た幻影である。この小説で「内部」の章は、相馬鼎が列車で旅したり「或る男」が雪の東京を徘徊する日より一日前に設定されており、実際に広島に雪が降るのは素子が自殺を図った翌日のことだ。つまり、物語の文法で言えば、この雪の場面はあくまで彼女の錯覚でしかない。だが、我々読者のイメージの文法によれば、その直前の――「或る男」の章の――雪の印象があまりにも強烈なために、そうした物語的なつじつまを忘れて、この雪をあたかも実際に降っている雪であるかのようにごく自然に読み取ってしまう。つまり、物語の文法とは別に、イメージの文法――詩の文脈と言ってもいい――では、ここで雪が降るのはごく自然なことなのだ。

こうしたイメージの連鎖によって、『死の島』は真に現実と幻想、事実と想像、日常と非日常との総合世界を創出していると言える。萌木素子の「内部」に降る雪は、まさしく彼女の意識と無意識を覆い尽くし、その世界全体を〈廃市＝世界の終り〉と化すのである。〈世界の終り〉を埋め尽くす雪にはまた、〈広島＝死の島〉の大量死の純化されたイメージが込められてもいるだろう。

# 第六章　死のポリフォニー――引用で読む『死の島』論

# はじめに

福永武彦研究プロジェクト主催のシンポジウムの準備として、二〇一〇年四月から七月にかけて、長篇『死の島』を少しずつていねいに読み直してみた。もう何度繰り返し読んだか分からないが、この時にもいろいろと面白い発見があった。再読する度に新しい発見のある作品を私は「生産テキスト」と呼んでいるが（反対は「消費テキスト」）、『死の島』はまさしく生産テキストそのものだ。そこで、作品の中から「これは」と思ったフレーズを引用し、断章風のスタイルで自由に読み解いていくことを思いついた。以下はその記録を単行本用にあらためたもので、いわば「引用で読む『死の島』論」である。

(1)

〔……〕僕が死んでもこの記憶は、すべての死者たちの記憶と一つになって、いつまでも地球の上を漂っているだろう。死が決定的に占領した地球の上を、悔恨と憤怒とに喘ぎ続ける人間たちの記憶が、放射能の灰と共に、いつまでも漂っているだろう。（「序章・夢」）

長篇『死の島』は、水爆炸裂後の救いのない地上の風景で始まる。章題が示すように、これは主人公・相馬鼎が明け方に見た「夢」なのだが、この情景が登場人物たちの深層心理であり作品の通奏低音であることが、作品の進行とともに次第に明らかになっていく。主人公はどちらかというと楽観的で能天気な文学青年なのだが、無意識の底にこうしたペシミスムを抱えている。だが、そのことに未だ青年は気づいていない。続く「暁」の章で主人公は、半覚醒状態の中で、夢の情景を小説のモチーフとして書き留めようとしながらも、ついに眠気に勝てず二度寝してしまう。覚醒してからも何度となく夢の情景を思い出しかけるのだが、その都度イメージは闇の中に消えてしまう。この無意識を意識化するまでの経緯こそが長篇『死の島』の主旋律との見方もできるのだが、そのために主人公は、大切な女友達の死という過酷な現実に立ち向かわなければならなかった。その事件は、物語が始まってすぐに相馬鼎に降り掛かってくる。

## (2)

「〔……〕これからの小説では読者が小説の世界の中に本気で参加するようにしむけること、つまり読者の想像力が作者によって刺戟され、彼等自身の力で、というより作者と読者との共同作業で、小説が読まれるようにすること、それが作者の任務だと思うんです。その時初めて、読者の精神をつくり変えるという仕事が作者にとって可能になる。」

「そう。有難いことね。あなたの小説を読むと、わたしたちの精神はつくり変えられるわけ?」

(「四日前」)

相馬鼎と萌木素子の会話の一部である。作者(と二十世紀の前衛作家)の創作理念とも重なる文学青年の性急な物言いを、新進画家が揶揄する場面である。物語冒頭近く、未だ相馬青年は己の未熟さに気づかぬまま、ということは素子の奥深い虚無に対しても無知のまま、理想の文学理念をまくしたてるのだが、素子は冷ややかに応答するのみだ。この後すぐに青年は反省するのだが、その理由は、素子が「有望な新進画家」なのに、自分が「まだ一度も活字になったことがない」無名の文学青年にすぎないことに思い至ったからだ。このノンシャランスが相馬鼎の快活さの源でもあり（それは素子が生きるために残された最後の可能性でもあったことが、後に「内部」の章で読者に明かされるのだが、相馬にはついに明かされない）、最後には二人の女友達の死を防ぐことのできなかった無力さにも繋がっていく。これに続く鼎と素子の対話と行動は、早くも物語前半のクライマックスを構成している。早くも、と書いたが、断章形式から成る「過去」の物語は「三〇〇日前」を起点にしており、「四日前」はかなり物語が進行した近過去のことになる。ただ、『死の島』における「過去」は時系列にそわずに前後入り乱れた形で挿入されているために、この場面がクライマックスの一つであることに読者が気づくのは、かなり先まで物語を読み進めてからのことである。

（3）

死！　不思議にも（と後になって彼は思い出したのだが）その時彼の感じたものは、死だった。彼の経験したことのある接吻が常に生を感じさせたのと違って、それは理窟にならない喪失感、漠然たる恐怖、絶滅へのつんざくような稲妻、つまりそれは死だった。しかしそれが死であるからといって、死もまた快楽ではないのか。彼は夢中になって、彼を殺すべき筈の吐息を貪り飲んだ。

（「四日前」）

（2）に挙げた議論の場面に続いて、唐突に素子が鼎に接吻をする場面。鼎は驚き怖れながらもその甘美さに夢中になる。それが「死の接吻」であることを鼎は直感で理解するが、その瞬間の素子の魂の闇にまでは思い至らない。素子は結局、鼎から身をかわし部屋を出て行くのだが、鼎は「その場にへたへたと坐り込」み、「僕は弱い」と繰り返すのみだ。この時、鼎が実は重要な（取り返しのつかない）失策をしたことが後の「内部」の章で明らかにされる。素子はただ、単純に、鼎が追いかけてくるのをドアの外で待っていた。そうすれば救われる（素子が死ななくても済む）可能性もあったかもしれないことを、素子の独白は示唆するのだが、鼎はついにそのことに気づかない。この後、「内部」の章で素子が繰り返し呟く「馬鹿な人、相馬さん」の（まるで通奏低音のような）リフレインが、青年の愚かさ浅さ弱さ、それに優柔不断を痛烈に批判することになる。その批判を相馬鼎が直接知る機会は、通時的な時間軸（「四日前」から物語の現在まで）の中でついに訪れない。実はこれが最後の出会いだったのだ。

## (4)

相馬鼎は首を垂れて考え込んだ。どうして僕はこうへまなことばかり言っているのだろう、いつから綾子さんはこんなに僕の言うことを信じなくなったのだろう、この人は本気で彼女のことを嫉妬しているんだろうか、昨晩のようなことがあったからそれで僕はこんなに弱気なんだろうか、――そうした疑問が次々に浮び、遂に、しかし確かにこの人の言う通り、僕は彼女の方がより好きなんじゃないか、と思い当った。彼女が好きだから、綾子さんによそよそしくしてその質問をはぐらかそうとばかりしているのじゃないか。僕の中の無意識なものを、この人は女の本能で見抜いているのかもしれないな……。

相見綾子は幾らかの憐れみと、幾らかの敵意と、そして多くの懇願とを籠めた眼指《まなざし》で、そういう彼の様子をじっと見詰めていた。

（「三日前」）

先に挙げた「四日前」より前に配置された（ここでは論脈の必要上この順に挙げた）「三日前」の章では、もう一人の女友達である相見綾子が素子のことを心配して相馬を訪ねてくる。前日に起こった出来事を相馬は告白できず、かえって、観念的な理論をふりかざして素子の心理分析をすることで、綾子の信頼を失ってしまう。そしてこの失策が永遠に二人を（あるいは二人のうちのどちらかを）失う決定的な失敗であったことを、相馬は後に思い知ることになる。二人のうちどちらを本当に愛しているのか思い悩む相馬は優柔不断そのものだし、その「無意識なもの」を「女の本能で見抜いている」綾子に対しても相変わらず危機感を覚えていない。

ところで、本作中「過去」の章はいずれもおもに相馬の視点で書かれているのだが、全体は三人称なので、必ずしも相馬の視点ばかりで描かれているわけではない。相馬が気づかなかったこと、思い至らなかったことがらも、さりげなくここに描かれている。引用最終行などはその一例。綾子の憐れみ、敵意、懇願に相馬は気づいていたのだろうか。相見綾子は決して内側から描かれることのない人物である。会話のかたちで自分の気持ちや心情を語ることはあるのだが、とにかくこの女性は「女の本能」で動くのだから、語られていることの中に本当に重要な部分があるとは限らない。『死の島』の主要人物のうち相馬鼎、萌木素子、それに「或る男」については、それぞれ一人称の語りによって自らの内面を探っていく様が描かれるのだが、相見綾子だけは、常にだれかの視点から描かれていく。一見したところ（この時代の）平凡な「お嬢さん」にすぎないように描かれている（じっさい、相馬はそう思い込んでいるし、一緒に暮らしている素子でさえ途中まではそのように思い込んで、相馬と綾子を似合いのカップルと決めつけている）。だが、繰り返し読むほどに相見綾子の内面は謎めいて見えてくるし、その謎は深まるばかりだ。原爆というトラウマに取り憑かれた素子に綾子が同情して共に死ぬ、という安易な解釈を許さない切実さが、綾子の心の闇に潜んでいるように見えてならないのである。おそらく相見綾子こそまさに、〈外在性という謎〉の表象なのだろう。ボードレールの散文詩「マドモワゼル・ビストゥリ」の狂気の女やメーテルランクの戯曲によるドビュッシーのオペラ「ペレアスとメリザンド」の無自覚な女のように、相見綾子もまた、永遠の謎としての他者なのだ。

## (5)

泣いている己《おれ》の側に母親もしゃがみ込んでしきりに己をあやしていた、その切迫したような、喘ぐような声を聞いているうちに己は何だか恐ろしくなり、そして母親もまた何かを恐れ、一刻も早く出掛けよう、そこから遠ざかろうとしていたのだ。

（「或る男の午前」）

「或る男」と呼ばれるこの人物は、生への絶望を根源にもち、絶えず何かから逃げ続ける存在だ。「いつでも何かから逃げることで生きて来た」と言い、「何から逃げ出しているのか、そんなことは分らない」とうそぶくこの男のイメージには、例えばロートレアモン『マルドロールの歌』の次のようなフレーズが影を落としてはいないだろうか。前章との重複になるが、再度確認しておきたい。

人生のうちには、髪をシラミだらけにした人間が目を据えて、黄褐色の眼差しを空中の緑の膜に投げる、そんな時がある。というのも、自分の前で亡霊の皮肉な罵声が聞こえるような気がするからだ。彼はよろめき頭を垂れる。聞こえたのは良心の声だ。そこで彼は狂ったような速さで家を飛び出し、呆然とした目に止まった行きあたりばったりの方角に向かって、田園のごつごつした平原を猛然と突っ走っていく。

(第二の歌、第十五詩節)

勿論、「或る男」はこのような突然の激情に駆られて逃走するのではない。彼が逃げ出すのはいつも次に行く場所を準備してからのことだ。だがそれは、彼が長年の間たえず逃げ続けてきたため、逃げることがすっかり習慣と化しているためだ。だから彼は「狂ったような速さで家を飛び出し」たりはせず、準備万端整えた上で、「一つの寂しさから他の寂しさへと逃げて」行く。何物とも知れぬ薄気味悪い恐怖を湛えて突然の逃走を促す「切迫したような、喘ぐような声」とは、まさにマルドロールが聞いた「亡霊の皮肉な罵声」ではないだろうか。「どんなに泣いても笑っても無明の海を漂っているばかり」(「或る男の午後」)と言い、「己は母親が死んだ時に一緒に死んでしまい、真の生活というものをその時からなくしてしまい、地獄にも堕ちずにこうして中有《ちゆうう》に漂っているばかりだ」(同右)と独白するこの男は、もともと「絶望からの逃走者」にほかならない。「或る男」はマルドロール的「絶望者」を原形とし、そこに小説的リアリティを加えることによって、絶望の日常化を体現した人物として造形された。この日常的ニヒリストの独白は、さらに、『死の島』のもう一人の「絶望者」である萌木素子の「内部」の独白と相俟って、真にロートレアモン的な「悪」の問題を提出することになる。

⑹

いつそれが始まったのかわたしは知らない。それはいつでもそこにあった。わたしの内部に、わたしの中のどこか奥深いところに、病根のように根を張ってわたしというものを腐らせていた。わたしはそれを恐れていたし、それが内部に存在していることを認めたくはなかった。しかし認めたくないというそのことの中に、確実に、それは隠れ場所を見つけ出してわたしの生を食いちぎっていたのだ。

（「内部　A」）

⑵と⑶に挙げた「四日前」に続く章からの引用。萌木素子の「内部」冒頭部分である。これも前章との重複を厭わずに挙げておく。

中篇小説「深淵」の「己」を苛む「飢」や、「或る男」につきまとう虚無と同様に、素子の「それ」もまた、彼女自身の内部にある根源的な悪として描かれる。だが、「己」や「或る男」とは反対に、素子は「それ」から逃げる術を知らず、むしろ進んでその侵食に身を委ね、最後には自ら死に直進していく。「或る男」は絶望から逃走するが、萌木素子は絶望に向かって前進するのである。

原爆の被害者である萌木素子は彼女が「それ」と呼ぶ虚無の意識に取り憑かれている。被爆直後の凄惨な状況下に人が次々と「物」と化していく情景を目撃した素子は、昭和二十九年の現在もなお「それ」の脅威に怯えている。彼女が描いた「島」という絵は、相馬によってベックリンの「死の島」に比べられるのだが、彼女自身は次のように呟くしかない。

> わたしの絵は傑作でも何でもなかった。それはただの物だった。物がカンヴァスの上に寝ていただけだった。その絵の上にわたしの魂があるなどと、あなたは『島』を見て言った。そこにあったのは魂ではなく、物にすぎなかった。そして或る意味であなたの言ったことは正しかった。わたしの魂は物だったのだ。それに食い荒らされた物としてしか、わたしの魂は存在していなかったのだ。どうして物が傑作を描くことが出来よう。傑作は人間が描くのだ。物が傑作を描いたことなんか一度だってありはしない。あなたはそういうことさえ分らなかった。馬鹿な人だ、相馬さん。　（「内部　D」）

自らの魂を「物」としか感じられないというこの独白は、マルドロールの「第四の歌を始めようとしているのは人か石か木なのだ」（第四の歌、第一詩節）という呟きや、「ぼくはあいかわらず玄武岩のように生きている！」（同）という叫びと似てはいないだろうか。だが、マルドロールの超人志向とは反対に、萌木素子の「物」としての自己認識はついに人間以下の存在へと自らを貶めることにしかならない。なぜなら、彼女にとって人間としての生命は広島の原爆で決定的に損なわれてしまったからだ。そのことに気づこうとさえしない相馬鼎に、素子は心底から絶望を覚える。

## ⑺

相馬鼎も一緒になって笑いながらその男を観察した。前に一二度このバアで見掛けたことがある。年は彼と似たようなものらしいが整った目鼻立ちが老け込んで見せるので、初めは三つか四つは上だと踏んでいた。ただ笑うと如何にも無邪気そうな若々しい表情になる。如才なくて、女たちをからかったり軽口を叩いたりする。萌木素子のようないつもそっけない女でさえも、その男に何か言われて笑ってしまったことがあり、相馬鼎は内心甚だ穏かでなかった。軽薄な奴だ、と考えた。　（「二日前」）

作品中ほとんど交わらない二人の主要人物、相馬鼎と「或る男」が、かろうじて接触する場面の一つ。

ここで、主要登場人物の年齢を推定しておきたい。本文中からほぼ明らかなのは、萌木素子二十

六、七歳（十七、八歳で被爆し、その八、九年後）、相馬鼎二十五、六歳（素子の発言から推測）。相見綾子ははっきりしないが、女学校を卒業後、家出、かけおち、再び家出、入院、という経歴から推測して二十一、二歳というところ。一見年齢不詳なのが「或る男」だが、右に引用した一節から相馬鼎と同じぐらいと分かる。これを、以前、私は読み落としていた。手練手管の結婚詐欺師のキャラクターから見て、もっとはるかに上（例えば三十代半ば）ぐらいと思い込んでいたのだ。「初めは三つか四つは上だと踏んでいた」とあるので、実際はそうでなく「年は彼と似たようなもの」というのが正しい、ということだ。鼎二十五歳。或る男二十五歳。素子二十七歳。綾子二十二歳。昭和二十八、九年頃の青年たちはおしなべて大人だった。そんな中にあって、相馬鼎はいかにも純情で無邪気な青年を演じている。北海道出身の磊落なお坊ちゃん鼎と東北の貧村出身の孤独な「或る男」は、まさに正反対のキャラクターだが、ある意味で同じ存在の陽《ポジ》と陰《ネガ》のようにも見える。これは綾子と素子の間にも言えることで、一見かよわいお嬢さんの綾子が実は強靱な意志の持ち主であったり、一見男勝りの素子が実は崩壊寸前の魂の持ち主であったりする。明／暗と強／弱。この二つのコントラストが様々な綾を織りなすことで、四声部のポリフォニーが紡がれていく。

## (8)

「相馬さんが健全な思想の持主だったら、わたしあなたを軽蔑するわ。一体、健全な思想なんてものが、現在のわたしたちにあると思っているの？　人間なんて誰しもクライシスの中に生きているんでしょう？　あなただって、綾ちゃんだって、みんなそうでしょう？　戦争が終ってからだって、日本人はみんなクライシスの中にいる筈よ、世界中の人間はみんなその筈よ、でももう忘れかけている、平和だとか共存だとか言って、泰平無事な顔をして、それで何事もなく済ませて行けると思っている。でもそうは思えない人もいる筈です。わたしは何も政治のことや社会のことを言っているのじゃないのよ。心の中のことを言っているのよ。心の中で、何かが破滅して行く、泯《ほろ》んで行く、何かが死んで行く、そういう感じを持つことがクライシスの中に生きているということよ。綾ちゃんにはそれがある、それは健全な思想なんてものじゃまるでないわ、そんなことが分らないの、相馬さん？」

（「一三三日前」）

過去の物語は一挙に四ヶ月以上前に飛ぶ。家出常習者の綾子を相馬がからかい半分に心配するのを見て、素子が相馬を非難する場面だ。作品の舞台になっている昭和二十八年のこの時期といえば、朝鮮戦争が休戦に入ったばかりの頃。東西冷戦や原水爆実験に世界中が怯えていた時代だ。福永はそうした具体的な社会背景をあまり描いていないが、世界中が次の戦争の恐怖におののいていた（はずの）時代における「心の」問題を素子に鋭く語らせている。この危機意識は、今日もおそらく不変だ。

原爆の被害者である素子はもちろんのこと、一見お嬢さん風で屈託のない（ように見える）綾子もまた「クライシスの中に生きている」ことを、素子が相馬に理解させようと気色ばむ場面だ。「心の中で、何かが破滅して行く、泯《ほろ》んで行く、何かが死んで行く」同類存在として、素子と綾子は魂の奥底で結びついているのだが、相馬は概念としてしか「クライシス」を理解することが（少なくともこの時点では）できない。素子はさらに、「綾ちゃんって人は、本当はわたしなんかよりずっとずっと靭いものを持っている人なのよ」と断言し、相馬の無理解を弾劾する。では、綾子の意外な一面を素子から知らされた相馬鼎は、ここで二人の女友達への見方が変わったのだろうか。少しはそうかもしれない。だが、「一三三日前」と記された章から一三三日後の物語の現在、二人のうちどちらか一方がすでに死に、もう一方が生死の境をさまよっていると知らされるまで、相馬鼎は二人の「クライシス」を本当には理解していなかった。相変わらず適当な距離をとって二人の女友達をモデルにした小説を書き続けるのみで、彼女たちの心の中、魂の奥底、精神の深みにまで到達することはついになかったのだ。その最後の機会をみすみす逃したことは上に見た通りだ（「三日前」と「四日前」）。

(9)

己はそれを知っていた。萌木素子の心の底に疼いていた闇を。そして相見綾子の内部に見え隠れしていた闇を。己が彼女たちに惹かれ、次第に親しく附き合うようになって行ったのは、素子さんがエクセントリックな女流画家であったためでもなく、綾子さんがやさしいお嬢さんであったためでもなく、あの二人に何かしら普通でないもの、昼の光では識別できないもの、つまり鎖された心の中に闇があることを勘づいていたせいなのだ。しかも己は、小説を書きながらその小説の中で闇が露《あらわ》になることを恐れていた。現実の二人と附き合う時にも、常に一歩しりぞいた位置にいて大胆に近づこうとはせず、あの二人の闇を自分の手で晴らすだけの勇気を持たなかった。そのために、今、こうして死地にある二人のあとを空しく追い掛ける羽目《はめ》になってしまったのだ。しかし、どうして己は彼女たちの闇を恐れたのだろう。なぜそれが魅力であると感じながら、その魅力から強いて自分を引き離し、闇よりは光を、夜よりは昼を、彼女たちに望んだのだろう。生きることは光の中にあることで闇を孕んで生きるのは危険だと、そんな幼稚な考えで己がいた筈はない。己たちはみんな闇を孕んでいるし、あの二人もまた闇の中に生きていた。それが現実だった。しかし己は、恐らくは、小説の中ではそれを認めても、或いは認めることに小説家としての悦びを感じていたとしても、現実の中では何とかしてそれを認めまいと、何とかしてあの二人が昼の光の中で生きている人間であってほしいと望んで、彼女等の心の闇に対してわざと自分の眼を閉じようとしていたのではないだろうか。そして小説と現実との間のギャップが次第に大きくなり、次第に己の眼を欺き、遂には一枚の曇った窓硝子のように外側の現実を歪んだ形でしか見せなくなっていたのではないだろうか。（「午後」）

相馬鼎がようやく自分の誤りに気づき始める一節だ。小説を〈書く〉ことが、真実の探究どころか、かえって現実の隠蔽にしかならなかったことを示唆している。二人の（一方のまたは両方の）死という厳然たる事実を前にして、以前から「鎖された心の中に闇があることを勘づいていた」相馬は、「二人の闇を自分の手で晴らすだけの勇気を持たなかった」と反省するのだが、果たして仮にその「勇気」を持っていたとして、彼は本当に「二人の闇」を「晴らす」ことなどできただろうか。例えば「四日前」に素子を追い掛けたとして、あるいは「三日前」に、その前日の素子の行動と自らの反応を綾子に告白する「勇気」があったとして、それで「二人の闇」が消えることなどあり得ただろうか。この段階でもなお相馬は、己の無力・未熟を十分に自覚していない。東京から広島に向かう長距離列車の中で相馬にできることといえば、彼自身が二人をモデルに書いた〈小説〉に読みふけること、自己読解に集中することだけなのだ。自らの他者意識を深く読み込むことにこそ自身の闇を解く鍵があることに相馬が気づくのは、まだ少し先のことだ。

## ⑩

「あなたがシベリウスをお好きなことは、あたしにもよく分っています。北方ということがお好きなことも、よく分りました。あなたのおっしゃる北方というのは、つまり素子さんのことじゃありませんか。あなたが北方に憧れるというのは、素子さんがお好きだということじゃありませんか。そんな簡単なことが、あなたのように頭のいい方にお分りにならないのかしら？」

（「二六三日前」）

目次によると「〔昭和〕28・5・5」の日付をもつこの章は、相馬が綾子と共にゲンちゃん（綾子と素子の下宿先である西本家の孫）を連れて遊園地に遊ぶ一日を描いている。その途中、ゲンちゃんがいない間に、二人は主にシベリウスの「北方性」について会話を交わすのだが——もっぱら語り手は相馬の方だ——その場面の終わりの方で、綾子が突然右記のような断言をする。相馬が言う「北方」とは「暗いもの、寒いもの、涯ないもの、静かなもの、動かないもの」であり、「精神的に言えば、それは閉鎖的で、虚無的で、悲劇的で、絵画よりは音楽に近く、具象よりは抽象に近く、現実的というよりも瞑想的、形而上学的」なものである。これらの性質がことごとく、原爆の被害者である萌木素子にこそ当てはまる、少なくとも綾子よりは素子の性質に近い（少なくとも綾子にはそのように推察される）ということを、相馬はまったく考慮していなかった。綾子にしてみれば、一緒に来なかった素子に代わって、相馬の素子への愛着を延々と聴かされたことになるのだが、その可能性をすら相馬は想像していなかった。素子の口癖を借りるなら「馬鹿な人、相馬さん」なのだ。この愚かさを相馬は「過去」の時間の中で繰り返し露呈するのだが、彼自身はその都度「失言」とか「失敗」を自省するものの、ついに迷妄から醒めることなく、悲劇の一日を迎えることになる。

ところで、「〜日前」と題される過去の章は、一見無秩序に並んでいるようだが、よく見ると、冒頭から中程にかけてそれなりの秩序（らしきもの）があることに気づく。まず、冒頭近くでは「三日前」と「四日前」、つまりごく近い過去の出来事が逆順に配置され、この部分が過去の章のクライマックス部分であることが、後の展開から明らかにされる。次いで、「三〇〇日前」から「一二六日前」まで十一の章は、間に「二日前」「一日前」を含みながら、ほぼ時間を遡るかたちで配列されている。続く「二六九日前」から上巻末までの六つの章には特に秩序らしきものは見当たらない。こうした構造は、時間軸に沿って展開する現在の場面のそこかしこに織り込まれることで、主人公相馬鼎の心理の綾を立体的に描き出している。過去の時間が途中からアトランダムになるのは、ここまで物語が進行すれば読者にとって混乱が生じないことを計算した結果だろう。言い換えれば、物語が軌道に乗るまでは時間の進行にそれなりの秩序を与える工夫を、作者が心がけた結果、ということだ。巧みな構成力というしかない。

⑪

〔……〕実際にあるものは前も闇、後も闇、生きて行く間だけが僅かに微光の中に物の形を現しているものの、それさえも定かに見えることはない、そういう人生の中で己は何度も生れたり死んだりしているようなものだ、しかもその間じゅういつでも地獄にいると感じているのだ、地獄にだって黒縄地獄もあれば叫喚地獄もある、焦熱地獄もあれば阿鼻地獄もある、己の転生とはそういう色々の地獄の間を往ったり来たりしていることで、こうやって繰返し指を弾《はじ》いているのだって、単調で、いつ果てるともしれなくて、これが地獄の苦役だと言えないこともない、〔……〕

（「或る男の午後」）

ひとりの女から別の女のところへと身を移す途中（「幕間」の時間）にパチンコ屋で玉を弾きながら「或る男」が独言する、三ページ以上にわたって読点のみで句点のない、長いフレーズの一部である。自分の人生を「地獄」と断言するこの人物こそ、相馬鼎の言う「北方」の体現者にほかならないのではないだろうか。右記（10）に引用した相馬の言葉「暗いもの、寒いもの、涯ないもの、静かなもの」「閉鎖的で、虚無的で、悲劇的」な精神性の行き着く先には「或る男」のニヒリズムがある、と作者は示唆しているのではないだろうか。そうだとすれば、優柔不断な草食系「相馬鼎」と臨機応変な肉食系「或る男」は一人の人物の裏表であり陰陽であり光影ということになる。その人物とは誰か、もはや言うまでもないだろう。

⑫

「あたしなんて三界に家なしでしょう。根なし草でしょう。いつも何処かへ行きたい、逃げて行きたいって考えているんです。」

「……」

「「……」でもあたしって人間はいつでも逃げ出したいみたいなの。自分で自分が厭なんだもの、その自分から逃げたくなるの。素子さんは親切だし、とってもありがたく思っています。でもいつかは逃げ出さないとは言えないわ。あの人にはあたしが余計なのよ。」(「一一六日前」)

めずらしく綾子が自分の内面を明確に吐露する場面。いつも「逃げ出したい」という切迫感は「或る男」にも通じるものだ(だからこそ綾子は「或る男」のところに走って同棲したという過去をもつのだが)。「自分が厭」で「自分から逃げたくなる」という告白は、一見快活で清楚な相見綾子の意外と深い闇を示唆しているのだが、明確な強迫観念の理由をもつ萌木素子の場合と異なって、その闇が何に由来するのかを、作者は明示していない。『死の島』に先立つ長篇『海市』の安見子が、快活で健康的な表面にもかかわらず死への暗い欲動を隠していたように、綾子もまたタナトスへの深い欲望を秘めた女であることが、物語の進行とともに次第に明らかになっていく。そのことに相馬鼎は気づくはずもないのだが。

ところで、この引用文中、後半には「いつかは逃げ出さないとは言えないわ」と、「逃げ出す」可能性が綾子自身でなく素子へとすり替えられている(相馬は気づくはずもないのだが)。奇妙なすり替えだ。素子と綾子は(それに「或る男」もまた)、いつか「逃げ出す」べき存在として描かれているのだ。その「逃げ出す」べき行き先については言うまでもないだろう。タナトスのトライアングルが構成されている。相馬鼎だけを置き去りにして。

## ⒀

「〔……〕わたしは広島で原爆に遭ったから、今でも時々具合が悪くなる、その度にこうして病院にはいって診てもらっているのよ。どうせ今の医学じゃ、わたしみたいな身体のことはよく分らないのよ。いつ急におかしくなるかもしれない。でも死んだ方がましだとは思わないな。わたしには家族もないいし、友達もないいし、生きていて何になるだろうと時々ふっと考えるけど、でも生きている、生きなきゃならないいんだって自分に言い聞かせるの。」（「カロンの艀」）

相馬が書きつつある三篇の小説の一つ「カロンの艀」中の一場面。「あたしは死んだ方がいい位なんだわ」と呟いたA子に対して、M子が発する言葉である。もちろん、A子は綾子ではないし、M子もまた素子ではない。二人の女をモデルに相馬鼎が自らの想像力によって創り出したキャラクターだ。ここに決定的な誤解があることに、注意深い読者なら気づくだろう。つまり、相馬はM子を生への前向きな存在、意志強靱な人物として描いているが、その原型である素子は決して「生きなきゃならない」とは考えていない。だが、そうした現実と虚構との決定的な差異に読者が気づくとしても、相馬はそのことに気づかない。少なくとも、この小説「カロンの艀」のこの章を書いた時点で、それにこれを急行列車の中で読みつつある現在（の「午後」）においても、相馬の迷妄は相変わらず迷妄のままなのである。同様に、綾子の同棲事件を元にした「恋人たちの冬」においても、戦後間もない頃の広島時代の素子を想像して書いた「トゥオネラの白鳥」においても、A子とM子の造形はあまりに類型的であり、優れた作品とは到底言えない代物だ。相馬鼎という未来の、というより未然の、作家が勝手に創り出した平凡なキャラクターに留まっている、と言うしかないのである。

断るまでもなく、右に述べたのは『死の島』という作品に登場する「相馬鼎」の作品のことであって、作家福永武彦の作品のことではない。もちろん、作中作としての三つの「小説」は福永の創作によるものだが、それは相馬鼎という作中人物に書かせた架空の作品である。だからこれら三作品の未熟さは福永の未熟さでなく、「相馬鼎」の未熟さをきわめてリアルにシリアスに示す座標となっている。最後に相馬はそのことに気づき、迷妄から覚醒することで「作家」として目覚めることになる。そのための伏線として、相馬の手に拠る三作品は未熟でなければならない。

それにしても、とあらためて思う。このように未熟な作品を敢えて創作できる作家とは一体どれほどの技量の持ち主であろうか、と。相応のキャリアを積んで五十三歳に達した作家が二十五歳の小説家志望青年の未熟さを演じているのである。福永武彦は下手な作品を敢えて創作する技量の持ち主でもあったわけだ。

## ⑭

群集が流れの中の岩のように彼の廻りを洗って過ぎた。己は群集の中で孤独だし、彼女はあの店の中で孤独なのだ、と彼は呟いた。しかし己が彼女を求めているようには、彼女の方では己を求めていないのかもしれない。一緒に帰るのは厭だと思っているのかもしれない。そしてまた針のようなものが彼の胸をちくちくと突き刺し始めた。己は多分彼女を愛しているのだ、でなければ嫉妬なんかする筈はないのだから、と彼はそこに立ったまま自分に言い聞かせた。彼が諦めて立ち去るまで、「レダ」の扉はとうとう開かなかった。

（「一〇〇日前」）

綾子さんはひょっとしたら此所へ来たかったのではないか、此所へ来てゆっくり僕とお喋りがしたかったのではないか。〔……〕この殺風景な、独身者の六畳間。夢を紡ぐ小さな部屋。もしも綾子さんが此所に来ていたら。もしも今此所にいたら。

机の上に置いた彼の両手の甲が、そこだけが、いまだに燃えるように暖かかった。

（「八八日前」）

愛、その言葉が今や奇妙に抽象的に彼の耳に響く。一体己はあの二人を愛していたのだろうか、と彼は自分に訊く。あの二人を、ということはない。萌木素子を、または相見綾子を。もし愛していたのなら、責任は己にある。責任の一部ではなく、責任の全部が、己にある。しかしもし愛していなかったのなら、……それでも責任はやはり己にあるだろう。〔……〕誰が死んだのか彼はまだ知らない。誰が生きているべきなのか、彼はまだ知らない。しかし二人のうち、誰かは生きているし、その一人は必ず生きていなければならないのだ。なぜならその一人を、彼は愛しているのだから。

（「夕」）

連続する三つの章から抜き出した。「一〇〇日前」には「己は多分彼女を愛しているのだ」と素子への愛を「自分に言い聞かせた」相馬が、その十二日後には綾子からの愛を憧憬している。この後、何度も繰り返し相馬は二人への愛の真偽に思い悩み、そのことで素子から痛烈な非難を受けたり、引用（10）のように綾子からさえ非難されたりもするのだが、それでも尚、迷いは晴れないまま日を重ねてしまう。その結果が「夕」の右記引用箇所の自責である。

その自責について見るならば、ここにはきわめて歪んだ責任放棄《ノンシャランス》の姿勢が見られはしないだろうか。二人のうち一人はすでに死んだのだが、その一人がどちらなのかは不明だ。そのことを名古屋駅で受け取った電報で知ったばかりの相馬は、動揺のためとはいえ、生き残った方を「愛しているのだから」とは、よく断言できたものだ（ただし、ここには作者の微妙な描写コントロールが見られるのであって、中略した部分で主語は「己」から「彼」へと変換されているのだが）。「誰が生きているべきなのか」とは、まるで彼に愛されることが生き延びることの必須条件のようではないか。どちらか一人を選べという究極の選択。だが、実は相馬に選択の余地はない。なぜなら、その一人とはすでに決定してしまっているのだから。

奇妙に捩れた論理と言うしかない。原因と結果の捩れ現象？　自らの決断がないままに運命の方が決断を下した。その決断によって、相馬は生き残った方を愛する運命を決定付けられるのである。奇妙にも、その事実に相馬は未だに気づいていない。この期に及んでなお彼は自らのノンシャランスの重大さに十分気づかぬままに、「再び〔創作ノートの〕続きの部分を読み始める」だけだ。

⒂

「あたしも怖いのよ、」と彼女は繰返した。「だからこそ、愛が育って行くのよ。二人とも壊れている。二人とも傷ついている、でしょう、それだから愛が必要なんじゃないの。あたし、本当を言うと、今迄はあなたに引き摺られて来ただけ、愛だなんてちっとも思っていなかった。でも今は、これは愛だと思うわ。あなたは弱いのよ、自分の弱さを無理やりに抑えつけて我武者らに闘って来たのよ。あたしもそう、あたしだって怖くて顫えているの。だからあたしたち、これから二人で愛を育てて行くことが出来ると思うの。あなたはそうは思わない？」

（「トゥオネラの白鳥」）

⒁に挙げた「夕」の場面の後には、「トゥオネラの白鳥」、「恋人たちの冬」、もう一度「トゥオネラの白鳥」と続くのだが、これら三章の中からの引用はどうにも気がすすまない。そこではM子とSが、A子とKが、いかにもありきたりのメロドラマを演じるのみで、よく言って感傷的、もう少し正直に言うなら類型的な習作にとどまっていると言うしかない。だが、右に挙げた箇所だけは

確認しておかなければならない。虚構のM子と現実の素子がいかにかけ離れたキャラクターであるかを確認するために。

これよりかなり後の章で、自分の「小説」を読み終えた相馬が、「相見綾子と萌木素子は、A子やM子よりも百倍も複雑なものを持ち、彼の思考や想像力や論理の働く領域の外で、自由に生きている（生きていた）のだ」（「深夜」）と認めざるを得ないように、相馬は綾子と素子をごく表層でしか理解できていなかった。そのため相馬は、A子とM子を単純にしか描き出せなかった、己の非力を痛感せざるを得ないのである。ここでも作者は微妙に「己」を避けて「彼」を用いているのだが。

## ⑯

「……」しかし寂しい女と寂しい女とが一緒に暮していてそれでどうなるというのだ、桃子と彼女とがお互いの寂しさを消し合って幸福に暮せるとでも思っているのか、そんな筈はない、女たちはみんな寂しい、女たちが少しでも、暫くでも、幸福になれるとしたらそれは己のような男と一緒に暮すことによってだけだ、己のように人間はいつも無明の闇にいることを知っていて寂しさをとことんまで味わいながら、表だけは陽気に、女たちの気持を理解してやさしく扱うことの出来る男、そういう男と一緒にいることだけが、和子や操や明美や保子や時子や沢子やにとって一番の幸福だったのだ。しかし彼女はそうは思わなかった、そういうことを理解しなかった、己のやりかたが間違っていたのかもしれないが彼女が生れつき持っていた寂しさの塊りは己の愛情では溶けなかった、己の愛情？　そうだろうか、何か己には分らないものがそこにあったに違いない、だから彼女は己から逃げ出して行ったのだ。〔……〕(「或る男の夕」)

「或る男」が、バアに勤める桃子（素子の源氏名）を家まで送って行って偶然玄関先で綾子の姿を認めたときのことを回想する場面。逆光のため自分の姿を綾子に見られることはなかったものの、彼は驚き怖れてその場をそそくさと立ち去った。「しかし彼女は」の「彼女」とは綾子のことだ。「或る男」は綾子を一貫して「彼女」と呼び、過去に関わりを持った女たちとの間に一線を引いている。

ここに描かれているのは、「女の寂しさ」をたとえ一時的にせよ紛らわすことのできるドンファン的キャラクターの存在証明とも呼ぶべき男の自負だが、綾子にだけは（そしてごく幼い頃の女友達だった「ああちゃん」にだけは）普通の女の寂しさに当てはまらないような「寂しさの塊り」を認めている。「彼女」が「己」から逃げ出した本当の理由が存在そのものの本質的孤独にあったことを、また、その逆もまた真であったことを、「或る男」は経験的直感によって見抜いているのだ。相馬鼎の想像力とはまったく正反対の経験力の働きによって。

## ⑰

「世の中には分ることと分らないこととあるわ。なぜ自殺するのかは当人の他には誰にも分らないでしょう。弱さから、純粋なものを貫くことが出来なかったから、それとも疲れたから、――人は何とでも言えるわ。新聞の片隅の記事を、ちょっと眼に入れて次の瞬間に忘れてしまったからと言って、それに文句をつけるわけにはいかないわね。だけど相馬さん、あなたは駄目よ。あなたはそんなことを言って、加藤道夫という一人の藝術家が自殺したことを遣り過すわけにはいかないのよ。あなたやわたしにはそうはいかないのよ。わたしたちは同じ道を歩いているのだから。」

（「三一日前（つづき）」）

素子にクリスマスプレゼントを渡すためバアを訪れた相馬に、素子が加藤道夫自殺のニュースを突きつける場面。実在の人物である加藤道夫は、福永武彦の友人で劇作家。昭和二十八年十二月二十二日に自殺した。本章「三一日前」は昭和二十八年十二月二十三日なので、作者は現実の友人の自殺という事件をリアルタイムで物語に挿入したことになる。ただし、この時点で作者福永武彦は加藤道夫とほぼ同じ三十五歳。相馬鼎はそれより十歳ほど若い設定だ。作者と作中人物とのこの年齢差には作者の意図が秘められていると思われるが、このことはまた別項で述べる。中篇「冥府」を書くきっかけともなったこの友人の自殺について、福永は萌木素子の語りという設定で「藝術に対して真剣すぎるほど真剣に考えていた人」と書き、相馬鼎には「何も死ぬことはない。純粋ってことは、こんな戦後の騒々しい世の中じゃ生きて行けないってことなんですか。僕はそんなふうに純粋でありたいとは思わないな」と語らせている。作者は、死んだ友への敬愛と疑念とを共に登場人物のキャラクターに委ねて吐露しているわけだ。

加藤道夫の自殺について批判的な口ぶりの相馬に対し、素子は「じゃあなたは俗物になりたいの。見そこなったわ」と厳しく弾劾する。右の引用はその少し後の場面。気になるのは、最後の「あなたやわたしにはそうはいかないのよ。わたしたちは同じ道を歩いているのだから」という発言だ。ここで素子は、「作家志望」の一青年を加藤道夫や自分と同じ「藝術家」であることを前提として「わたしたち」と呼んでいる。これに対し相馬は、「まだ半人前にもならず、可能性を手探りしているだけ」に過ぎない自分が加藤道夫と「同じ道が約束されているのだろうか」と、十歳上の藝術家への羨望を覚え、素子が「わたしたち」と呼ぶことの意味に思いを馳せようともしない。更に相馬は「同じ道」について考えをめぐらせるのだが、素子の言う「わたしたち」については最後まで無頓着なままだ。素子は「わたしたち」という言葉で、加藤道夫と自分のことよりむしろ相馬と自分の共通性を主張しているのに（ということは相馬に対して藝術的共鳴を求めているのに）相馬はうかつにもそのことに気づかない。相馬鼎は相変わらず「馬鹿な人」なのだ。

## (18)

「しかし何さ、その地獄って？」

「地獄を知らなければそれで結構よ。わたしは加藤道夫という人が、地獄を見たことがあると考えたまでよ。一度地獄を見てしまえば、地獄はいつでもその人の心の中で呼んでいるんだわ、早くお出でって。」

「しかしいつ？　いつ見たんだい？」

「知るもんですかそんなこと。戦争中かもしれないし、戦後かもしれない。子供の時かもしれない。でも自殺する人間はみんな地獄を知っているのよ。この世のものでない風景を知っているのよ。」

（「三一日前（つづき）」）

(17)の続きの場面で、萌木素子と相馬鼎は加藤道夫の自殺について引き続き語り合う。設定は過去（三一日前）だが、『死の島』の読者にとっては、すでに素子と綾子が自殺した現在とそれに先立つ素子の「内面」の章を読み進めているので、素子の自殺論を十分に理解できる。「早くお出で」と呼びかける「地獄」が、「内部」の章で「それ」と呼ばれるものとほとんど同一であることも、読者には明白だが、相馬にはまったく理解できていない。本章は、この後、素子の幻影に感染したかのように、ボードレールの詩を思わせる「死の舞踏」を相馬が目撃するところで終わっている。

骸骨が一組、そしてもう一組、身体をぶつけ合うようにして踊っていた。マンボのリズムに合せて彼等の骨がからからと鳴る音が聞えていた。テーブルに坐った骸骨が手を叩き、その骨と骨との当る音が板の上を骰子《さいころ》の転げるような響を立てた。彼は驚き、冷汗が全身に沁み出るのを感じ、しかも呪縛されたように骸骨たちの踊りから眼をそらすことが出来なかった。

⑲

「もう八年も経っているんですよ。」

「まだ八年しか経っていないのよ。こだわるって言ったわね？　わたしは原爆にこだわる気はないわ、でも原爆がわたしにこだわるのよ、原爆がわたしを捉えているのよ。」

「それは魂の問題でしょう？」と相馬鼎はいよいよ激して声を大きくした。「だから僕は心を開いてほしいってあなたに頼むんです。僕はあなたが好きなんです。どうしてそれを認めようとしないんですか？」　（「二七日前」）

（17）（18）に挙げた「三一日前」から四日後、素子が描いた「島」を譲り受ける約束をとりつけた相馬が「僕が好きなのはこの絵の作者なんです」と告白した後に続く対話である。「原爆がわたしにこだわる」という表現は、精神的外傷《トラウマ》の本質を端的に示す表現だ。この後、素子の背中に刻印されている凄惨なケロイドを見せられた相馬は、「戦慄と困惑と羞恥との入り混った感情を抱いて」一散にその場から逃げ去って行く。この場面からかなり後の「内部　K」の章で素子は、この時のことを「あの臆病な、のぼせ上った、人生が何であるかを頭でしか理解することの出来ない相馬さんには、わたしの背中のケロイドを見て、悪魔というものはどんな爪痕を魂に刻みつけるものかとくと見届けることが必要だった。だからあの人は怖くなり、〔……〕わたしの牢獄から逃れることが出来た」と振り返り、さらに「四日前」（右記（3）の項参照）の自らの行動を次のように回想する。

〔……〕蒲団の敷いてある部屋で二人きりになり、その蒲団の上に倒れかかったとしても、あの人は恐ろしくてわたしから逃げ出すことしか考えなかったのだ。馬鹿な人だ、相馬さん。

## 20

彼女の凍りついたような孤独は、この八年間に少しも癒されず、たとえ綾子さんが彼女を愛し、僕が彼女を愛したところで、それは彼女の心の表面を掠めて行くにすぎず、心の奥深いところには決して突き刺さらないのだ。広島は彼女を殺してしまった。彼女には生きる悦びは何もない。彼女が広島に帰ったのは生きることを確かめるためではなく、既に死んだことを確かめるためだ。無駄なことだ。何万人の人がそこに集り、原爆に抗議し、人類が自ら滅亡しないために平和を冀《こいねが》っている時に、あの人はそれ自体が滅亡なのだ、虚無なのだ。　（「一七〇日前」）

『死の島』という物語全体の中では上述の「二七日前」より後ではあるものの、過去の（相馬が生きた）時間の中では百四十三日も前に、相馬はすでに素子の虚無をこのように理解していた。それは、夏休みに北海道に帰省するために乗った夜行列車の中での内省においてである。しかし、そのような理解は相馬の中でそれ以上に深まることはない。「頭でしか理解することの出来ない相馬さん」という素子の批判はまったく正当だったのである。相馬が素子の魂の奥深く巣食っていた虚無に気づくのは、素子と綾子の自殺の知らせを受けて広島に向かう深夜の急行列車においてである。

「己はM子を理解し、A子を理解し、M子とA子とを含む現実を理解したつもりで書いて来た。しかし己は素子さんも理解できなければ綾子さんも理解できず、素子さんと綾子さんと己とを含むこの現実に対して、まったくの無理解無能力のままで生きて来たのじゃなかったか。己が文学青年じみた小説なんか書いて時間を空費していた間に、二人の女たちは現実の中で苦しみ、死ぬ勇気を持ち、死ぬ決断を下し、一人は確かに死んだ。己は小説を書くことが行為だと信じ、彼女等の行為を見殺しにしてしまった。小説なんてものは、結局は何の役にも立たなかった」(「深夜」)と、反省する相馬の心境は、たとえ自業自得とはいえ、悲痛そのものだ。

## 21

彼は懸命に手足を動かし、ねばねばした水の中を泳いで行く。そして遂に、素子のぐったりとなった身体を探り当てる。水に漂う髪が彼女の蒼白い顔のまわりを海藻となって取り巻いている。彼はその裸の肩を、乳房を、腕を、狂気のようにまさぐる。しかしその時、もう一人の女の手が彼に纏わりつく。

「あたしを助けて。相馬さん、あたしを……。」

一人しか助けることはできない、と彼は考える。二人を同時に抱えて泳ぐことは出来ない。

一人だけだ。（「深夜」）

深夜の夜行列車の中で相馬が見る夢の中で、彼は遂に一人を決定的に選んだ。素子を。深層心理の奥深い所で（魂の領域で、と言ってもいい）彼が本心から求めていた者は萌木素子だった。だが、この夢の告知もまた、相馬自身の意識に定着することはなく、明け方に見た水爆炸裂後の世界の風景（「夢」の章、本稿（1）参照）と同様、目覚めと同時に曖昧さの中に溶け入ってしまう。助けようとした一人が素子であった夢を相馬が思い出すのは、後の「朝（一、病室）」の章で、生き残った綾子の眠る顔を見た瞬間だ。「しかし彼が夢の中で、そして今現実の中で、会うことを求めていたのは、ひょっとしたら萌木素子の方ではなかったろうか。」

## (22)

〔……〕悪事か、己みたいな男が彼女の場合にだけ殊勝な心懸けを起したというのが不思議だ、あなたは人を愛することを知らない可哀そうな人だ、そう言った彼女の言葉が、そのあと己の心の中に刻み込まれて、己はその呪縛から逃げることが出来なくなったのだ、いや反対に、その言葉の意味が己に分って来るにつれて己は何とかして彼女から逃げようとしたのだ、矛盾してるかな、呪縛されたからこそ逃げたくなった、彼女が己を愛して、人を愛することを知らない哀れな男だと思えば思うほど、己の方は彼女に愛されるにふさわしくない人間だと自分を考えて、無理にも彼女から遠ざかろうとしたのだ、〔……〕
（「或る男の深夜」）

（12）で見た綾子の逃走願望と同様に、「或る男」もまた、常に何かから逃げようとし続ける人物だ。ついに巡り会った魂の救済者と見るべき「彼女＝綾子」からさえ、いや、それが彼にとって救済者であり得るからこそ、魂の救済を拒絶するこのニヒリストは逃走しなければならない。行き場を失って深夜の大雪の中をさまよい歩く或る男は、「彼女」との過去に思いふけるうちに、現実のことなどもうどうでもよくなってしまう。或る男のこの部分の長い内的独白は、『死の島』全体を通して最も迫力に満ちた叙述と言っていい。悪の権化であり透徹したリアリストであり徹底したニヒリストである「或る男」の魂が、烈しい内省と開き直りと、そして浄化への希望の中に、微妙な筆致で描き出されているのである。その最後の部分を引用する。

雪の白い輪が燃えている、己は逃げまわってやっとここまで来た、この先もう少し行けば彼女の赦しが得られるとしても己は何だかこのままでいいような気がする、己は何から逃げ出したのか、何を追い求めていたのか、そんなことは考えるだけの値打もないことだった、己のような碌でなしが何処でどうなろうと誰にも関係のないことだ、彼女は少しは悧口になってもう男に騙されることもなく愛などという愚かなものに眼がくらむこともないだろう、彼女はきっと幸福になるだろう、あの寂しい微笑を少しずつ忘れて行くだろう、しかしひょっとして己が目を覚ました時にうたた寝なんかしては厭と言いながらすぐ側でやさしく微笑しているかもしれない、たとえそういうことがなく己の目を覚ましたところが地獄だったとしても己はちっとも構わない、己のような男の行き着くところが地獄しかないことを己はとうの昔から知っていたのだ。

雪の白い輪が燃えている。

それが眩しい。

「或る男」の章はここで終っている。東京の深夜の大雪の中でおそらく凍死するこの人物は、それとほぼ同じ頃に広島で「彼女」が女友達（「或る男」にとっては「桃子」）と服毒心中を計り死につつあることを知る由はない。だが、この残酷ながらも美しい文章によって作者は、三人の〈逃走者〉に孤独死ならぬ（二人あるいは三人の）交感死（＝愛による死）という救済を与えた。それはまた、主人公・相馬鼎の〈シャドウ〉の死でもあった。

## 23

見る限りの夜の空が白く変貌し、見る限りの夜の海もまた白く変貌した。そして空と海との間を占めるすべての空間を、その白い粉末はさらさらと滑り落ちながら、夜の本来の色である凍りついた鉄錆色を塗り消していた。〔……〕まるで若さを証明するかのように啜り泣いている綾ちゃんを取り巻いて、鏡の中の広々とした海の上に音もなく雪が降りはじめた。それとも、泣いている綾ちゃんを見詰めているわたしの眼がその時すっかりそれに捉えられそれに化身して、雪の降りはじめた白く平らかな海の表面のような眼で、彼女を見ていたというのだろうか。彼女を、そしてわたしを、鏡の中に。〔……〕それは塗り潰したカンヴァスの表面のようにわたしの心を真白く塗り潰した。しかし今ほど空も海も一面に真白い雪に覆われていることはなかった。なぜならば今ほどそれとわたしとが一体になったことは嘗てなかったから。今はもうそれはわたしで、わたしはそれだったから。

（「内部　K」）

前章でも取り上げた場面だがあらためて読んでおきたい。海も空も、のみならず鏡の中の虚像までが、ということは世界中のすべてが、雪の白さに呑み尽くされる場面だ。この瞬間、「わたし」

はついに「それ」と完全に一体となり、生と死の合体が完成する。雪はその一片一片が時間の喩であり、記憶や過去や死者の喩でもある。福永が愛したボードレールの「象徴の詩学」とは、このように事物と観念との間の完璧な照応関係を見出す魔術のことだった。

萌木素子の「内部」の雪景色は、実は彼女が見た幻影である。第五章で述べたように、この部分は、相馬鼎が列車で旅したり「或る男」が雪の東京を徘徊する日より一日前に設定されており、この日、広島に雪は降っていない。つまり、この雪の場面は彼女の錯覚でしかない。だが、我々読者にとっては、その直前、「或る男」の章末尾の雪の印象があまりにも強烈なために、そうした物語的なつじつまを忘れて、この雪をあたかも広島に実際に雪が降ったかのように、ごく自然に読み取ってしまう。つまり、物語の文法とは別に、イメージの文法では、ここで雪が降るのはごく自然なことなのだ。萌木素子の「内部」に降る雪は、まさしく彼女の意識と無意識を覆い尽くしてしまう。

## (24)

彼女ハ太陽ヲジット見詰メテイタ。不思議ナコトニソノ太陽ハチットモ赤クナカッタ。アラユル色彩ガ混合シテ白ク見エルヨウニ、高温ニ達シタ火焔ガ白ク光ルヨウニ、異様ナホド真白ナ太陽ダッタ。〔……〕コノ太陽ハワタシノモノダ、ト彼女ハ呟イタ。オ前ハワタシノモノダ、ト太陽ハ叫ンダ。ソシテ凍ッタ白イ太陽ハ轟クヨウナ笑イ声ヲ立テタ。

わたしは自分の蒲団に横になり、綾ちゃんは隣の蒲団に横になった。もう何もすることはなかった。

さよなら、とわたしは言った。

さよなら、と綾ちゃんは言った。

わたしのもの、とそれは言った。

（「内部 L」）


「内部」の章では、一貫して、原爆投下直後の回想部分を示す片仮名表記のところで萌木素子は三人称「彼女」で示され、現在の独白である平仮名の部分では一人称「わたし」で示されている。ここで重要なのは、過去と現在がシンクロするかたちで一つの終局を描いていることだ。過去の場面で「白イ太陽」が「オ前ハ私ノモノダ」と叫んだ時、現在の「それ」もまた、萌木素子のすべてを侵食する。過去における魂の死が現在における肉体の死と一致するのである。

「それ」とはあらゆる人間感情を超えた終末の意識であり、この長篇小説全体の雰囲気を支配する絶対的深淵を暗示している。あらゆる色彩を拒絶する究極的な「生」の暗黒、というよりむしろ純白――それはまた「死」の究極的な姿でもある――を作品に定着するために、福永武彦は全ての名詞を拒絶し、「それ」に最後の一言を託した。

(25)

その時彼は漸く、死者が恐るべき力で彼から、そして相見綾子から、奪い取ったものが何であったかを理解する。——それは愛だ、生きた者どうしの間で取り交すことの出来る愛だ。その愛を死者が奪い取ってしまった以上、もう己と綾子さんとの間に愛というものはあり得ないのだ。彼はそれをゆっくりと自分に言い聞かせる。まるでその言葉こそ、死んだ萌木素子の霊を慰めるための、唯一の弔辞でもあるかのように。(「朝(三、病室)」)

広島への長い旅の果てに待っていた「朝」の出来事は、萌木素子の死と相見綾子の生だった。素子の遺体を前にして、「死は力だ。死は〔……〕恐るべき力で何物かを奪い取るのだ」と認識した相馬鼎は、素子を「その虚無の故にこそ愛していた」ことを確信し、「今こそ彼女は確実に虚無に化してしまったのだから、虚無の故に彼女を愛していた己は百倍も、この、虚無そのものである彼女を、愛さなければならない」(「朝(二、霊安室)」)と決意する。こうして虚無への愛を確認した相馬は、生き残った綾子に対しては「単なる憐れみをしか感じることが出来ない」(「朝(三、病室)」)。虚無の視線から永久に逃れられない運命を痛感した相馬は、いつか死そのものを描き出す小説家へと変容できるのだろうか。

(26)

萌木素子が死んだのなら、相見綾子も死ぬという夢の論理はそれなりに成立するだろう、しかし萌木素子は死んではいないのだ。彼女は狂気となって生きているのだ、としたら相見綾子の死はまったくの非條理、まったくの無意味ということになりはしないか。そんな馬鹿げたことがあっていいものか。

(「別の朝(二、霊安室)」)

刊行当初から何かと話題になった、「三つの終り」の二つ目からの引用。最初の「朝」では素子が死に、第二の「別の朝」では綾子が死に、第三の「更に別の朝」では両者ともに死んでいる。第一の「朝」で死による虚無の力を痛感した相馬は、「更に別の朝」で死の不条理を味わう。死にもそれなりの論理(つじつま)があるのなら、綾子の死は素子の死によって担保されなければならなかった。さらに、「更に別の朝」で相馬は二人の愛による「交感死」を見出すのだが、同時に、死者たちから疎外された自身の中に虚無がすっぽりと入り込むのを避けることができない。

27

二人の女の脣は、互いに会話を交しているかのように、ごくかすかに顫えている。二人が何を話しているのか、その声は決して彼の耳には届かない。しかし彼は死んだ女たちの親しげな、二人だけの会話の中に、彼の先程の相見綾子への質問、何が君を死なせてしまったのだ？――の答を見出す。それは愛だ。相見綾子を死なせたものは、彼女の萌木素子へ寄せる愛だ。

（「更に別の朝（二、霊安室）」）

二人の遺体を前にして、相馬はついに前日の明け方に見た「世界の終り」の夢を思い出す。水爆が炸裂した後の荒涼たる風景は、二人の女が死んだ後の虚無と重なって、相馬の魂を烈しく揺さぶる。まる一日をかけて相馬が追い掛けていたのは「愛の選択」だったはずだが、「彼が到着したところは、あの悪夢と同じ虚無、同じ死の国にすぎなかった」。その「虚無」をあらかじめ知り尽くしていた（そのため「島」という不吉な絵を描くことができた）萌木素子が「初めから存在しないも同じ」だったのに対し、「生きるために生れて来た」はずの相見綾子はなぜ死ななければならなかったのか。その問いに対する答えが右の引用部分である。

ところで、「三つの終り」については様々な解釈があるのだが、私は次の三つの可能性を考えたい。

①「朝」と「別の朝」は実は相馬鼎の夢の続きで、本当の終わりは「更に別の朝」。

②「朝」が本当の終わりで、残る二つこそが夢の描写。

③三つの朝はそれぞれ可能態として成り立つ現実で、読者はそれぞれの結末の意味を多様に捉えればいい。

いずれにせよ、作者の意図は、三つのうち一つを選べ、ということではない。それに、これら三つの「朝」は決して小説のエンディングでないことを忘れてはならない。「更に別の朝」の次には「内部 M」の章が、中身は空白のままほぼ三ページにわたって続くのだし、さらに「終章」が置かれているのだから。

## (28)

彼、相馬鼎は、窓の前に立って意識の揺れ動くままにまかせていた。彼方の空では、灰色の幾重もの襞をなした雲の群が次第に動き、次第にその重なりを解き、色相《いろあい》を薄くして行き、遂にその切れ目から太陽の金色の箭が、ひと筋、弓弦《ゆづる》の音も高く放たれた。その一條の光は彼の立っている仄暗い窓の中へ、明らかな光芒を描いて、目覚めのように射し込んだ。

（「終章・目覚め」）

夢が思い出されることによって初めて意味を持つように、現実もまた「過去形によってのみ記述される性質のもの」であることを自覚した相馬鼎は、「死から射すこの陰鬱な明るみ」に照らされた「生の実体」を描くことこそが「小説」である、と主張する。「己の「小説」によって、死者は再び甦り、その現在を、その日常を、刻々に生きることが出来るだろう。己の書くものは死者を探し求める行為としての文学なのだ、いなそれは死そのものを行為化することなのだ……」と宣言する相馬鼎は、明らかに、二人の女友達の死を体験する前とは異なった人格の持ち主だ。右に引用した情景は『死の島』のまさにエンディングにふさわしい光沢を放っている。

では、この情景はいつのことなのか。本章の冒頭には「それはいつのことだったのか」とあって、「目覚め」の時期が固定されていない。この時間設定については、次の「まとめ」で考えてみたい。

## まとめ──「馬鹿な人、相馬さん」

「そう。有難いことね。あなたの小説を読むと、わたしたちの精神はつくり変えられるわけ?」

（「四日前」）

本章（2）にも挙げた、文学青年・相馬鼎の性急な文学理論を新進画家・萌木素子が揶揄する場面の一節。鼎は素子の深い虚無に対して無知のまま己の文学理念をまくしたてるのだが、素子は冷ややかに応答するのみだ。この後青年は反省するのだが、その理由は、素子が「有望な新進画家」なのに自分が無名の文学青年にすぎないからだ。このノンシャランスが、最後には二人の女友達の死を防ぐことのできなかった無力さに繋がっていく。この場面の後、素子は唐突に相馬に接吻し、相馬は驚き怖れながらも甘美さに夢中になる。それが「死の接吻」であることを彼は直感で理解するが、その瞬間の素子の魂の闇にまでは思い至らない。素子は結局相馬から身をかわし部屋を出て行くのだが、相馬は「僕は弱い」と繰り返すのみだ。この時、彼が実は重要な失策を犯したことが後の「内部」の章で明らかにされる。素子はただ、相馬が追いかけてくるのをドアの外で待っていた。そうすれば救われる（素子が死ななくても済む）可能性もあったかもしれないことを、素子の独白は示唆するのだが、相馬はついにそのことに気づかない。この後、「内部」の章で素子が繰り返し呟く「馬鹿な人、相馬さん」のリフレインは、青年の愚かさ浅さ弱さ優柔不断を痛烈に批判することになる。

右に挙げた「四日前」より前に置かれた「三日前」の章では、相見綾子が素子を心配して相馬を訪ねてくるが、前日に起こった出来事を相馬は告白できず、観念的な理論で素子の心理分析をすることで、かえって綾子の信頼を失ってしまう。そしてこの相次ぐ失策が永遠に二人を（あるいは二人のうちのどちらかを）失う決定的な失敗であったことを、相馬は後に思い知ることになる。二人のうちどちらを本当に愛しているのか思い悩む相馬は優柔不断そのものだし、その「無意識なもの」を「女の本能で見抜いている」綾子に対してでも相変わらず危機感を覚えていない。

これに対し、作品の裏主人公と呼ぶべき「或る男」は、「良い人」相馬とは対照的な「悪い人」だ。結婚詐欺師として生計を立てているこの人物は、生への絶望を根源にもち、絶えず何かから逃げ続ける存在、絶望からの逃走者である。作品中ほとんど接点を持たない相馬鼎と「或る男」だが、かろうじて接触する場面の一つで、二人はほぼ同年齢であることが明かされている。北海道出身の磊落なお坊ちゃん相馬と東北の貧村出身の孤独な「或る男」はまさに正反対のキャラクターだが、ある意味で同じ存在のポジとネガのようにも見える。このことは、綾子と素子の間にも言えることで、一見かよわいお嬢さんの綾子が実は強靱な意志の持ち主であったり、一見男勝りの素子が実は崩壊寸前の魂の持ち主であったりする。明／暗と強／弱。この二つのコントラストが様々な綾を織りなすことで、四声部のポリフォニーが紡がれていく。

一体、健全な思想なんてものが、現在のわたしたちにあると思っているの？　人間なんて誰しもクライシスの中に生きているんでしょう？（「一三三日前」）

作品の舞台になっている昭和二十八年のこの時期といえば、朝鮮戦争が休戦に入ったばかりの頃。東西冷戦や原水爆実験に世界中が怯えていた時代だ。福永はそんな時代における「心の」問題を素子に鋭く語らせている。「心の中で、何かが破滅して行く、泯《ほろ》んで行く、何かが死んで行く」同類として、素子と綾子は魂の奥底で結びついているのだが、相馬は概念としてしか「クライシス」を理解することができない。一三三日後の現在、二人のうちどちらか一方がすでに死んだと知らされるまで、相馬は二人の「クライシス」を理解していなかった。女友達の死という事実を前にして、以前から「鎖された心の中に闇があることを勘づいていた」相馬は、「二人の闇を自分の手で晴らすだけの勇気を持たなかった」と反省する。だが、その「勇気」を持ったとして、彼は本当に「二人の闇」を「晴らす」ことができただろうか。

あなたのおっしゃる北方というのは、つまり素子さんのことじゃありませんか。〔……〕そんな簡単なことが、あなたのように頭のいい方にお分りにならないのかしら？（「二六三日前」）

シベリウスの「北方性」について語る相馬に対して綾子が下す断言。綾子にしてみれば、相馬の素子への愛着を延々と聴かされたことになるのだが、その可能性すら相馬は想像していなかった。この愚かさを相馬は「過去」の章で繰り返し露呈するのだが、彼自身はその都度「失言」とか「失敗」を自認するものの、ついに迷妄から醒めることなく悲劇の一日を迎えることになる。

〔……〕実際にあるものは前も闇、後も闇、行きて行く間だけが僅かに微光の中に物の形を現しているものの、それさえも定かに見えることはない、そういう人生の中で己は何度も生れたり死んだりしているようなものだ、〔……〕

（「或る男の午後」）

自分の人生を「地獄」と断言するこの人物こそ、相馬鼎の言う「北方」の体現者にほかならない。相馬の語る「閉鎖的で、虚無的で、悲劇的」な精神の行き着く先には「或る男」のニヒリズムがある、と作者は示唆しているのではないか。そうだとすれば、優柔不断な草食系「相馬鼎」と臨機応変な肉食系「或る男」は、一人の人物の裏表であり陰陽であり光影ということになる。その人物とは言うまでもなく作者その人である。

あたしって人間はいつでも逃げ出したいみたいなの。自分で自分が厭なんだもの、その自分か

ら逃げたくなるの。（一一六日前）

いつも「逃げ出したい」という切迫感は「或る男」にも通じるものだ。この告白は、一見快活で清楚な相見綾子の意外と深い闇を示唆しているのだが、明確な強迫観念の理由をもつ萌木素子の場合と異なって、その闇が何に由来するのかを、作者は明示していない。

『死の島』に先立つ長篇『海市』の安見子が快活で健康的な外見の裏に死への暗い欲動を隠していたように、綾子もまたタナトスへの深い欲望を秘めた女であることが、物語の進行とともに次第に明らかになっていく。これに続く部分で綾子は、「いつかは〔素子が〕逃げ出さないとは言えないわ」と、「逃げ出す」可能性を綾子自身でなく素子へとすり替えている。素子と綾子と「或る男」はいずれも、いつか「逃げ出す」べき存在として描かれているのだ。その「逃げ出す」べき行き先については、もはや言うまでもないだろう。タナトスのトライアングルが構成されたのだ。相馬鼎だけを置き去りにして。

さて、「馬鹿な人、相馬さん」は、いつどのように覚醒して『死の島』の作者になっていくのか。その可能性があるとすれば、どのような経緯によってなのか。「馬鹿な人、相馬さん」が真の作家へと成長するために必要だった、二人の女友達の死と、その後の深い後悔と自省についてはすでに触れた。その自省を自らの魂の深部に沈めて、静かに緩やかに、自身の追体験にするために、彼はどれほどの時間を要したのだろう。二人の死から「目覚め」までの間に流れた時間について、最後に考えてみたい。

　私はこれを、昭和四十一（一九六六）年一月、と敢えて特定したい。福永武彦四十七歳。『死の島』の連載が始まった頃のことだ。ここでもう一度、相馬鼎の年齢を思い起こしておこう。物語の現在である昭和二十八―二十九年（一九五三―五四年）、相馬は二十五歳である（誕生日前後による一歳の誤差をここでは無視する）。これは大正七年（一九一八年）生まれの作者より十歳ほど若い。作品内での相馬鼎の「その後」があるとしたら、十二年後の昭和四十一年に彼は三十七歳ということになる。一方、福永武彦の三十七歳といえば（昭和三十年）、長篇『草の花』と短篇集『塔』を上梓した翌年であり、作家としての地歩をすでに確立していた。だから、作者自身の投影を（十歳の年齢差を越えて）作中人物である相馬鼎に求めるとするならば、福永が作家としての自己確立を遂げた三十七歳という年齢が浮かび上がるのではないか。

　素子と綾子の死を昭和二十九年に二十五歳で体験した相馬鼎は、十二年後に三十七歳でなく四十七歳の福永武彦となって「死そのものを行為化する」仕事に着手し、病気による中断をはさんで昭和四十六年（五十二歳）に完成した。奇妙な計算だろうか。だが、昭和二十八年の相馬鼎が当時の作者の年齢より十歳若く設定されていたことを思い起こせば、この数字のマジックを解く鍵が見つかるだろう。福永武彦が二十五歳の時、つまり昭和十八年に福永は、その前年暮れに招集を受けたものの盲腸炎手術後であったため即日帰郷となり、危うく戦場体験を免れた。その十年後を舞台とする『死の島』の主人公が二十五歳であることになんらかの伝記的な意味があるとすれば、そこに福永自身の戦死者に対する弔いの意識、あるいは贖罪の意識がこめられていたとしても不思議ではない。二人の女友達の死は、同胞たちの死の（十年という時間を越えた）遠い反映かもしれないのだ。

あらためてまとめておこう。「目覚め」の章で、「それはいつのことだったのか」と書かれている「いつのこと」とは、第一に（作家自身の目覚めと見た場合）昭和二十九年、作者三十七歳の時のことであり、第二に（登場人物の目覚めと見た場合）昭和四十一年、相馬鼎三十七歳の時のこと、と考えれば、作者の意図は明らかになる。福永武彦は、『死の島』最終章において、ノンシャランな青年が真の作家へと成長するのに要した時間を十二年とすることによって、そこに自らの葛藤の歴史をしのばせた。作者自身の戦中戦後における死との格闘が、素子と綾子の死を体験する主人公として体現されたのである。

# 第七章　ポエティク vs ロマネスク——中村真一郎と福永武彦

## 1 「マチネ・ポエティク」からの出発

中村真一郎と福永武彦は、ともに一九一八年三月に生まれ、一九三〇年四月に東京の開成中学校に入学している。ほかにも共通の体験として、幼くして母を失ったことが挙げられる。その後、第一高等学校進学は福永が一年早く（中村は一年遅れたおかげで加藤周一と同級生になった）、さらに一九三八年、東京帝国大学文学部仏文学科進学で再び同級生となった。卒業論文は、中村がネルヴァル、福永がロートレアモンと、ともに〈異端〉の詩人を選んだことにも共通点が見られる。その二人が卒業後、共に活動した文学グループが「マチネ・ポエティク」である。両者の詩作品を最初に見ておこう。まず福永作品から。後の代表長篇小説『死の島』（＝広島）と韻を踏むタイトルにも注目したい。第一章でも引用したが、再度全文を挙げておく。

## 火の島　ただひとりの少女に

死の馬車のゆらぎ行く日はめぐる
旅のはて　いにしへの美に通ひ
花と香料と夜とは眠る
不可思議な遠い風土の憩ひ

漆黒の森は無窮をとざし
夢をこえ樹樹はみどりを歌ふ
約束を染める微笑の日射
この生の長いわだちを洗ふ

明星のしるす時劫を離れ
忘却の灰よしづかにくだれ
幾たびの夏のこよみの上に
火の島に燃える夕べは馨り

あこがれの幸《さち》をささやく小鳥
暮れのこる空に羽むれるまでに　（1943）

後の東宝映画『モスラ』（一九六一年、脚本・中村真一郎、福永武彦、堀田善衞）に出てくる「インファント島」を思わせるような「火の島」の情景だ。更に、福永の詩「冬の王」では、

遠天《をんてん》の生のきはみの孤独
わが屍《しかばね》を焚《や》く火のかたはら
不死の蝶は眠る　つばさ重く　（末尾部分）

と、まるでモスラのような「つばさ重」い「不死の蝶」が登場する。「モスラ」の発案者は中村真一郎だと伝えられているが（『発光妖精とモスラ』筑摩書房、一九九四年、中村真一郎による「あとがき」）、この詩を読むと、むしろ「モスラ」の発想はそもそも福永ではなかったかと思えてくる。もっとも、青春期における文学的交遊の中ではこういったことはしばしば起こる現象であり、普段の会話の中から各々が同様のイメージを作り上げていった、ということかもしれない。

福永の詩は、いずれも各行十五音から成っていて、その十五音のなかでの区切りはかなり自由なものだ。押韻については、例えば「とざし／日射」のように、動詞の連用形と名詞とで押韻するな

ど、単調に陥らないように工夫していることがわかる。「馨り／小鳥」なども同様だ。
次に、中村真一郎による「マチネ・ポエティク」の詩を見てみよう。

**頌歌　Ⅷ**

洪水の夢流す遠い空から
夕べは今離れ落ちる羽のやう
船は帰る黝《くろ》む海乱す模様
帆の蔭に眠り光る魚《うを》のうから

御覧　氷浮く君の胸の宝
菫に透かす豊かな時躊ふ
想ひ　魂の井戸より昇り　今日
溶ける永遠《とは》の宇宙に燦《きらめ》き乍ら

生滅の業の鳴る大いなる河
我が耳に注ぐ君に延す枝は

千のいのち緑に揺《ゆ》り闇に勝つ
明日の方に岬巡る黄金《きん》の泡
縁取りに我の編む望みの花輪
青く顫へ翳り行く窓の真夏　(1943)

大変構築的な作品で、数えてみると各行は十七音から成っていることがわかる。俳句の場合と同数だが、区切りは必ずしも「5・7・5」にはなっていない。脚韻については、「ara/ou/ou/ara」というように、完全押韻を踏んでいる。福永の場合も同様で、完全押韻とは、最後の音節だけでなく、その一つ前の母音まで一致しているということだ。

ここで福永と中村の両詩篇を比較してみたい。元来、日本語には母音が五つしかないために、実は脚韻を踏むのはそれ自体としてあまり難しくはない。ただ、その安易さが逆に、脚韻を美的と感じさせなかったために、脚韻が詩法として洗練されてこなかった、というのが実情だろう。そこで、中村も福永も、それぞれ独自の理論によって、押韻詩の存在価値を証明しようと試みた。かなり後になってからのことだが、中村は、押韻を単なる音の問題としてではなく、音が制限されるためにかえって新奇なイメージを呼び起こすきっかけとなることを、自作を例に説明している。たとえ音響的にたいした意味がなかったとしても、新しいイメージの呼び水になればそれでいいではないか、と。ただし、この説明はかなり後追い的な印象を拭えない。

ところで、いま挙げた二つの詩をあらためて比べてみると、福永は各行十五音、中村は各行十七音だが、文字で見るかぎり、長さはほとんど変わらないように見える。理由は、中村作品に漢字が多いということだ。ここには漢詩の影響もあるのではないだろうか。おもに和歌に影響された福永と、漢詩に影響された中村、という構図が浮かんでくる。特に中村には、『頼山陽とその時代』(一九七一年)という大著もあり、漢詩への傾倒ぶりがうかがわれる。

中村は最初の頃は各行十二音形式を用いたりもしていたが、最終的に日本語韻文の上限は各行十七音に決定した。俳句の音数を一行の上限としたわけである。一方、福永は、当初から各行十五音を定型とし、「マチネ」の中ではこれが一貫している。私見では、やはり十七音は多すぎて、また完成感が強すぎてまるで俳句の連作のようでもあり、連続する詩行として少々苦しいのでは、と思うのだが。

## 2 ポエティクvsロマネスク

戦時中から活動していた「マチネ・ポエティク」だが、戦後になってこれが一般に公表されるや、たちまち非難と批判にさらされた。その背景には戦後の騒擾と戦争詩への反省があったことが明らかだ。詩は歌ではなく思想であり哲学である、といった（今から見ればいささか極端とも思われる）新風潮である。小野十三郎の「短歌的抒情の否定」や「荒地」派の「歌う詩から考える詩へ」といった主張がその代表的なものだろう。だが、「マチネ・ポエティク」による詩の音楽の試みは必ずしも完全否定されたわけでなく、後の現代詩にそれなりの影響を与えた、という見方もできる。ほんの数例をあげるなら、清岡卓行、飯島耕一、池井昌樹などの諸作品である。

　中村、福永の文学的出発であった「マチネ・ポエティク」の試みは、文学史的に見る限り、概ね頓挫してしまったように見える。だが、二人のポエジーそのものは、決してこのような詩的実験にとどまるものではなかった。二人のポエジーが全面展開していくのは、むしろ詩そのものよりも小説の試みにおいてであった。より具体的なかたちで詩精神を物語において展開していく方法を、それぞれが独自の詩学によって探求していくのである。つまり小説におけるポエティクの探求である。もちろん、小説には独自の方法が必要であり、構成、プロット、キャラクターといった小説的《ロマネスク》な要素を抜きにしては成り立たない。その結果、二人の小説では、ともに、ポエティクとロマネスクの葛藤が大きな課題となって展開していくことになる。

　特に中村真一郎は、ロマネスクの装置をおもにプルーストの小説から借りてくることによって、複数の時間や円環する時間など、二十世紀小説の新しい方法を積極的に自作に取り込み、自身も作品の中でしばしばそのことを強調している。これに対して、福永の方は、プルーストの影響も皆無ではないにせよ、中村の場合以上に、詩精神をより直接的に小説の中に溶融していく方法を選択した。ボードレールやロートレアモンの詩法を次第に自作に取り込んでいった過程についてはすでに前の章で論じた。

実例を挙げてみよう。まず、福永が小説の中でしか書けない決定的にポエティクな表象を実現した場面を見ていく。初期の長篇小説『草の花』の一場面で、主人公・汐見茂思から「私」に託された「第一の手帳」の一節である。

行列は、その煙を後ろに見て、空車を引いて元の道を戻った。亡骸を焼く煙は、夜もすがら、絶え間もなく立ち昇る筈だった。振り返れば、煙は次第に濃くなりつつある夜の空に紛れ、オリオンの星座が今にも風に吹き飛ばされそうに、中空に懸っていた。星影が既に薄氷《うすらひ》の張った田圃の水に映り、ちらちらと明滅した。

その時だった、僕はふと思い出した。H村の岬の桟橋に妖しく燦いていた夜光虫の仄蒼い光を。それをじっと見詰めていた僕と、何にもならないのに、何にもならないのに、と繰返した藤木の言葉を。その記憶が、不意と落ちかかって僕の心を貫き、僕の足をよろめかせた。

何にもならないのに、――僕の藤木に寄せた愛がどんなに大きかったとしても、それは何にもならなかったし、愛を拒んだ藤木も、空しく死んでしまった。愛も、孤独も、執着も、拒絶も、遂には何にもならなかった。愛することも生きることも、みんな空しいことにすぎなかった。誰も愛することの出来なかった藤木、きめられた道をしか歩けなかった藤木、そしてその藤木をあんなにも愛していた僕。
オリオンの星座が、その時、水に溶けたように、僕の目蓋から滴り落ちた。

この一節の特徴を列挙するなら、まず、「何にもならないのに」という同一フレーズのリフレインが強迫観念的な音楽を奏でていること、次に、現在の情景（星空）と過去の情景（夜光虫の海）とが照応することで詩的時空が生じていること、最後に、この上なく垂直的な最後の一行が挙げられる。「オリオンの星座が、その時、水に溶けたように、僕の目蓋から滴り落ちた」とは、物語全体の文脈がなければまず出てこないフレーズであり、まさに小説《ロマネスク》でしか書けない詩《ポエティク》、と呼ぶべきではないだろうか。

このような諸要素が福永文学のいわば原風景を成しているのであり、これらはもはや小説の中の詩的描写などではなく、小説でしか書くことのできない詩そのものである。句読点で短く区切ったフレーズのたたみかけ、体言止めの多用、といった音楽的要素もこれらに絡んでくるだろう。逆説的な言い方になるが、適宜、行分けを施した上で、ついでに脚韻も施せば、もしかしたら「マチネ・ポエティク」以上の定型詩になるかもしれない。

作者自身とまったく同時代（そしてある程度まで同一体験）を生きた汐見茂思を主人公とする長篇『草の花』で、主人公が、半ば自殺のような危険な手術を志願して、死んでしまうのはなぜか。端的に言うなら、この作品で福永武彦は「死すべき自己」（＝主人公・汐見茂思）と「生きるべき自己」(＝語り手「私」)に分裂したからだ。〈死者の眼差し〉による文学空間、というきわめて〈詩的〉な時空の誕生である。

これらの諸要素は、後に、『忘却の河』や『海市』といった作品における、恋人へのうらぎりとそのための恋人の死、そのことへの罪障感、という主題に結びつき、最後には、この罪障感がもたらす絶望と、その絶望からの逃走、というモチーフが、ロマネスクに昇華されたところに、『死の島』の陰の(裏の)主人公たる「或る男」の造形へと結びついていく。

これに対して、中村真一郎の初期長篇『死の影の下に』では、ポエティクとロマネスクの葛藤および統合は、次のような一節に凝縮して表れている。

> シオンと云う優しい発音は、私の唇の間で、薄荷のドロップのように、爽かに溶ける。それは花の名だろうか、お菓子の名だろうか。父は遠い昔の西方の町だと教えてくれたけれど、シオンは娘等と云う単語と、香りのように一つとなり、それはまた眼の前から消えて行った、赤い帆のヨットのついた空色のスェーターと溶け合う。歩調を合せて地面を踏んでいた、小鳥のような十本の足と、その間から立ち昇る、気を遠くさせるような菊の匂いと、私の見都子さんに対する最後の気持と、祝日の明るい朝の空気と、私の肩に手を掛けている武男君の荒い息づかいと、そのいずれが一体私の胸を揺っている原因だったのだろうか？　その後何度となく私は、様々な機会に私の眼前に突然に現われ、そして夢のように消えて行く、こうした花咲ける乙女

等の群に、影のない明るい生の華やかな悲しさを感じさせられたものだが、そして、そうした体験に対する感能力は日に増し高まって行くのだが、この遠い菊の香りの中の、牧歌的なシオンの娘等は、私の心の地平へのその最初の序曲的な登場だったのだ。典雅な式典歌の旋律の行き戻りの中に、朝の光の透きとおる衣を纏って。〔……〕そこには、生そのものの最も若い美しさ、そして脆《もろ》い優しさが、ショパンの前奏曲のように湧き上り、仄暗い死の淵の間を、香わしい泡を立てて燦めきながら、私の憧憬の星空の彼方に突き抜けて行く！

美しいイメージなのだが、決して朗読して心地よい文章ではない。息の長い語句の連なりが、（まるでプルーストの翻訳文のように）読点ばかりでなかなか句点が現われずに、延々と続いていく調子は、読む者を（少くとも音読する際には）かなり疲れさせるのではないだろうか。ここでは、ポエティクはあくまでイメージの要素にとどまっていて、リズムやメロディや調べといった音楽的要素からほど遠いと言わなければならない。ロマネスクな文体にとどまるために、文章は敢えてポエティクから離れようとしている、とさえ言えるだろう。もちろん、時にはポエティクな文体が現れる場合もあるのだが、そんな時にもやはり、中村の文章は、福永と比べた場合、いくらか生硬であり非音楽的な形態にとどまっていると言わなければならない。

中村真一郎の場合、こうした生硬な「形式」があってこそのロマネスクな世界であることが、さらに緻密に検討すれば実証できると考えられる。言い換えるなら、中村は、ある生硬な形式を設けなければ作品からこぼれ落ちてしまうほどのポエティクの持ち主でもあった。彼の膨大な数の作品群の雄弁さがそのことを物語っているように思う。

### 3　ポエティクへの自省

以上見てきたような、二人の詩人作家におけるポエティクとロマネスクが、初期作品以後、どのような展開をたどり、そのことを彼ら自身がどのように把握していたかを、次に考えてみよう。まず、福永武彦の文章から。

僕の方法は詩を書く方法で小説を書いたようなもので、それが必ずしも間違いだったとは思わないが、少くとも僕自身がそれに飽きてしまったとは言えるだろう。モノローグ的方法は短篇では成立するが、長篇は原則的にディアローグの世界であり、どんなに自分の内部に降りて行っても、小説として表現する際に、それを他者との関係に於て捕えるのでなければ独断的になってしまう。

（「ある小説家の反省」一九五八年）

もっともな反省とひとまずはいえそうだが、こうした反省にもかかわらず、その後の『海市』も

『忘却の河』も『死の島』も、やはり「詩を書く方法で小説を書いたようなもの」と言わざるを得ないだろう。もちろん、複数の視点からの、時には膨大な量のモノローグを組み合わせていく、といった福永独自の緻密かつ実験的な方法も含めてのことではあるのだが。

これに対して、中村真一郎はどうだったか。こちらは四部作『四季』の最終作品『冬』（一九八四年）から引用する。

ここで私のなかに人文主義の思想の芽生えてくる遠い根元を考えるには、一見突飛ではあるが、まず父と女性たちとの関わり方への考察から始めなくてはならない。

父の女性関係の特徴は、一方でその長い独身生活を利用しながら広い範囲の玄人や素人の女性たちとの一時的な交際を奔放に行い、一方でひとりの女性を女神のように崇拝していたという点にある。そしてこの後者によって情欲が満されなかったために代償作用として前者の放蕩に赴いたというのでなく、前者もまた父のなかで独立した快楽の領域としてそれ自身を飽きることなく追求していた様は、今なお勇敢な狩猟者の姿として私の記憶の中に鮮やかに生きている。〔……〕

ところで女性に対する父のこの二つの領域は、多くの対象と戯れる方は「日常的次元」のことであり女神崇拝の方は「形而上的次元」であって、前者を小説の世界に近いとすれば後者は詩の世界に属するもののように私には感じられる。前者の場では父は一匹の雄《おす》として官能を解放しいかなる愚行をも辞さなかったように見え、後者の場ではひたすら敬虔に身をつつしんでいるかに見えた。

（『冬』第五章）

自身の父親の性状に関する叙述というかたちを取っているが、おそらくこの「二つの領域」は中村自身にも当てはまるものだろう。「戯れ＝日常的次元＝小説の世界」と「女性崇拝＝形而上的次元＝詩の世界」、といういささか分かりやすすぎる図式は、中村自身の散文的資質と詩的資質の共存と葛藤を、それも青春期から晩年に至るまで、長年にわたる「二つの領域」の共存と葛藤を、要約的に示している。

## 4　父性の欠如あるいはポリティクの不在

福永の場合も中村の場合も、ともに一つの特徴的資質として、父性の欠如ということが挙げられるのではないだろうか。六十一歳で死んだ福永については以前からそう考えていたのだが、七十九歳（当時としてはかなりの高齢）まで生きて相当な数の作品を遺した中村の場合にも、少なくとも作品を見る限り、ほとんど父性という資質が（もちろん作者の分身と見るべき主人公にかぎってのことだが）見られないのである。

福永武彦の『海市』（一九六八年）第三部から引用する。

私はそれを懼れたのだ。その「夢みたいなこと」を懼れたから、子供の手術を口実に、無意識の裡に約束の時間を忘れてしまったのだ。一度卑怯だった者は二度目もまた卑怯なのだ。あの時逃げたのだから今度もまた逃げたのだ。お前はそういう男だ、そういう卑怯な男だ。四十歳の分別がそうさせたのではなく、要するにお前は死ぬのが怖いのだ、或いは愛することが怖いのだ。

若い頃に大切な恋人を自殺させてしまったが故の自責と悔恨、というモチーフは、長篇『忘却の河』にも出てくるもので、いわば福永文学の一貫したオブセッションと呼ぶべき主題である。

一方、中村は、福永の死後五年めにあたる一九八四年に、長篇『冬』第五章の中に次のように書いている。

私はその後何度自分の愚かな良心の奴を罵ったことだろう。そうして遂にはその良心に本当の名前を教えてやった。それは臆病という名だった。お前は人生における重要な決断の際に必ず行動を逃げる卑怯な癖がある。そしてその逃避に何らかの道徳的な口実を発見する狡さがある。ざまを見ろ、と私は繰り返すのが常だった。

まるで十六年前の『海市』の主人公澁太吉と響き合うかのように、『冬』の小説家は自らの「逃避」癖（「行動を逃げる卑怯な癖」）を告白しているのである。この逃避癖にこそ、二人の作家における父性の欠如が垣間見られるのではないだろうか。

こうした父性の欠落という性質は、そのままポリティク（政治性）の欠落にもつながっている。しばしば「芸術派」の代表のように評される二人の作家は、一方で、政治性の欠如といった性質も備えていた。そしてこれは、きわめて意識的なものであった。特に中村真一郎の場合、生前、各方面で高名で、様々な業界や団体と関わりをもった著名人であり、それほどの人物が通常、政治的にまったく利用されないとは考えにくい。だから、中村におけるポリティクの欠如はあくまで意識的なものであり、意図的な脱ポリティクあるいは反ポリティクだったと想像される。中村は〈父〉たることを積極的に否定していた。この点を実証するためには、中村真一郎の全生涯にわたる発言や行動や作品を精査する必要があると考えられるが、ここではひとまず、ポエティク／ロマネスクに次ぐ第三項としてのポリティクという問題系を提出しておくにとどめ、今後の研究課題として書き留めておくことにする。

最後に、以上の問題系を考える糸口として、福永武彦が『死の島』上梓の後に書いた「作者の言葉」の一部を引用しておこう。

主題については読んでもらう他はないが、例えば原爆という私らしからぬ社会的問題を、重要な主題の一つとして扱っている。なぜならばそれは日本人にとっての魂の問題と結びつくからである。

「私らしからぬ社会的問題」を「魂の問題」に結びつけることこそが、福永文学の最後の命題だったことを想像させる発言ではないだろうか。この発言は、『死の島』が、たとえ間接的にであれ、その実現の企てであったことを示唆していると思われる。もちろん、その実現は未だ道半ばという言い方もできるだろう。「社会的問題」と「魂の問題」とのより具体的で直接的な結合は、ついに果たされないままに、福永武彦はその生を閉じたのである。

実は福永は、『死の島』連載開始（一九六六年）の三年前、「「死の島」予告（二）」という短文を公表していた。そこには「現代に於ける愛の可能性、或いは不可能性という主題を、原爆の被害者である一人の女性をめぐる数人の人物との関係に於て捉え、そこに死の島である日本の精神状況を内面的に描き出したいという私の野心」が「砂上楼閣の感を呈して来た」と記されているのだが、「砂上楼閣」に終わったかどうかは別として、福永が、少なくとも、「死の島」としての「日本」という時代状況を強く意識していたことだけは確かだろう。

# 書評三篇

# 西岡亜紀『福永武彦論――「純粋記憶」の生成とボードレール』評

## ――「現在」の表象としての「幼年」

昭和文学を代表する小説家で詩人・評論家・フランス文学者でもあった福永武彦は、少なからぬ小説作品を書き、特に強靱な方法意識に貫かれた「実験小説」の数々によって、しばしば文学界に新風を巻き起こした。短篇の連作を巧みに長篇へと架橋した『忘却の河』、バッハ「平均率クラヴィーア曲集」の音楽書法を小説に応用した『海市』、それに七つものストーリーを巧妙に織り交ぜた大作『死の島』などは、昭和文学を代表する名作として長く読み継がれて行くべきだろう。しかし、一部の熱心な読者や研究者を別として、一般読者の間での評価は今なお定まっていると言えず、研究の領域においても、全体的なモノグラフィと呼ぶべき書物は未だ不十分にしか出ていない。福永の身近にいて、公私にわたる良き理解者であり、将来総合的な福永武彦論を書けるはずだった、豊崎光一（一九三五―八九年）と源高根（一九三一―九七年）の早逝が悔やまれるところだ。

とはいえ、没後三十年を迎える現在（二〇〇九年）、若手研究者を中心に、福永研究が様々な角度からのアプローチによって次第に厚みと深みを増していることも事実だ。福永の令息・池澤夏樹による福永武彦再発見の可能性にも今後大いに注目したい。

そんな現況にあって、西岡亜紀の『福永武彦論――「純粋記憶」の生成とボードレール』（二〇〇八年）は、これまで断片的になりがちだった福永研究の磁場に一貫した筋道を提出することで、研究史に新たな展開を促す書物だ。これまで重要視されながらもなかなか具体的な成果を見られなかった、ボードレールとの関連に的を絞ったモノグラフィックな研究書として、大いに注目されるべき一冊である。A5判二九二ページに上る大著の概要を記すのは容易ではないが、特に注目すべき特長と今後の研究課題に的を絞って、本書の紹介を試みることにする。

序章とそれに続く全六章から成る論考の中で、著者はまず、序章「問題の諸相」において、福永文学におけるボードレール受容の重大さを、「純粋記憶」のテーマから作品「幼年」成立への道筋を示すことで提示する。ボードレール研究者で翻訳者でもあった福永武彦は、ごく初期の段階から『悪の華』における「万物照応《コレスポンダンス》」を自らの文学理念として発見し、解釈し、咀嚼し、さらには変容までして、自身の文学世界に活用していった。その経緯については、筆者（山田）自身、かなり以前に書いたいくつかの論文において作品論的実証を試みたことがある。西岡は、本書「序章」においてそれらの拙論を紹介し、ボードレールの「万物照応」をめぐる福永作品への継続的な論究を評価しつつも、「福永自身の内的な成熟との関係から、どのようにしてボードレールが福永自身の方法意識のなかに定着していくのかという経緯は明らかにされていない」と評し、「その証左として」山田論文が「万物照応」の「最も核心的な受容と考えられる『幼年』の「純粋記憶」というモティーフ」を「本格的な作品分析によって追求」していない点を挙げている。言い換えれば、「幼年」という問題作を論じ損ねているために、福永におけるボードレール受容の経緯を時間軸に沿って検討し切れていない、ということだ。的を射た批判と言うべきだろう。これまで（拙論も含めて）部分的にしか論じられて来なかった「万物照応」理論と福永文学との関連は「幼年」読解においてこそ解明されるはず、とする研究者の直観と慧眼が本書の骨格を形成した、と見ていい。

本論は、戦前から戦後にかけての「マチネ・ポエティク」における詩作活動（と、その挫折）と未完の初期作品『独身者』における「純粋記憶」の主題への論究から始まる（第一、二章）。プレ福永作品と呼ぶべき序奏部分からの出発は手堅い選択と言えるだろう。以下、第三章では初期の中篇「冥府」（一九五四年）における暗黒意識と純粋記憶の葛藤が、第四章では長篇『忘却の河』（一九六四年）における創造的記憶が論じられる。第五章では、これらの経緯をたどることで、福永が永年温めてきた「幼年」のモチーフを作品化することについに成功した（一九六七年）プロセスを検証し、第六章で、その確信が晩年の大作『死の島』（一九七一年）の方法意識に結び付いていったことを論じている。こうした一連の論脈の中で、著者は常にボードレール詩学への目配りを怠らず、福永自身によるボードレール論を詳細に検討することで、ボードレール詩学から福永文学へのフィードバックの諸相を解明していく。

福永文学の主要主題である「幼年」をボードレール詩学に結び付ける決定的出発点は、「天才とは、意のままに再び見出された幼年期」（「現代生活の画家」）というボードレールの言説にある。幼年期の記憶がほとんどない、としばしば告白しながら、それでもなお「幼年」へのこだわりを持ち続けた福永は、「幼年」とは「現在」にこそ内在しているものである、とするボードレールの提言を、初期作品『独身者』では生かし切れなかったものの、長期にわたって自らの文学観の中枢に潜在させ続けていった。そのあたりの事情を、西岡は、福永の美術評論『芸術の慰め』（一九六二―六四年）を引用した後で、次のように論述している。

ここで見る限り、最終的にこの時期には、福永にとって「幼年」の再現は、明確に「現在」という時間に引き寄せられた主題として意識化されていた。つまり、ここでは、失われた「幼年」の形象化が、自分自身のなかにある幼年時代という失われた過去の時間を純粋な形で取り戻すという「過去」の再創造というよりは、「現在」において残存している「少年の魂」、そういう「魂」と同質の「現在」の感性の具象化という「現在」の表象として、はっきりと意識されている。

（第二章第三節「「幼年」と創造――ボードレールの幼年観との接点」）

『独身者』の失敗の要因はあまりに直接的な「純粋記憶」へのこだわりにあったとし、その後のボードレール受容の深化と『忘却の河』「幼年」創作との同時性のうちに、福永文学の独創化の経緯を探って行くことが、本書の中心主題である。ここでその詳細を辿ることはできないが、続く三つの章で、「冥府」『忘却の河』「幼年」の三作品を解析していく手際は実に緻密であり、ボードレール詩学への深い理解と福永文学全般への広い視野に裏付けられた、実証的な論究の集積であることを確認すれば、著者の企図は十分に達成されていることが分かるだろう。

以上のように本書は、これまで断片的にしか検証されてこなかった福永文学におけるボードレール受容について、「幼年」というモチーフを中心に据えることで一つの体系的な磁場を生成せしめている。その点を十分に評価した上で、敢えていくつかの問題点と今後の課題を指摘しておきたい。

第一に、未完に終わった『独身者』への論究に対して、同じく初期作品ながら永年の苦労の結果完成した長篇『風土』（一九五二年）への言及がほとんどないこと。「幼年」のモチーフと深い関わりを持つ、と著者自身が言明している「原音楽」について、著者はこれを福永に特有の、そして持続的かつ普遍的な概念であることを示唆しながら、作品「幼年」以外の福永作品への適用を十分には試みていない。完成作としては最初の長篇と見るべき『風土』においてさえ、すでに「原音楽」理念に基づく「音楽小説」が実現している事実を、著者がどのように評価しているか、いささか気になるところである。

第二に、「冥府」以前に上梓され初期福永作品の中で特異な価値をもつ中篇「塔」（一九四六年）が論じられていないこと。刊行された順で言えばまさに「処女作」にあたるこの中篇において、福永はすでに、「眠れ眠れ輪の中で」に始まる「幼年」期の「うた」と、未知の世界への欲動を象徴する「七つの銀の鍵束」の「痛ましい金切声」、という二つの「原音楽」を構成要素とする物語世界を構築していた。更に言えば、中篇「冥府」の冒頭「僕は既に死んだ人間だ」は、前作「塔」の末尾「それは僕の死だった」を受ける形で始められているのだから、両作品の連続性を無視して「冥府」を論じている点は、幾分不用意と見られてもやむを得ないだろう。

とはいえ、上記二点については、すでに筆者による先行論文が存在しているのだし、本書の中心はあくまで作品「幼年」なのだから、西岡がこれらの点に言及していないこともそれほどの欠如と見るべきではない。だが、『独身者』から「幼年」への、そして「冥府」から『忘却の河』への連続線を重視するのであれば、これと対をなす項目として、『風土』から「幼年」へ、また「塔」から「冥府」への連続線をも論じてほしかった。そうすれば、「幼年」（と「原音楽」）の主題の持続性はさらに増したはずだし、本書はいっそう体系的な（総合的な）モノグラフィになり得たはずである。

最後に、今後の展開に関して筆者からの希望を込めて付言させて頂きたい。本書では、晩年の大作『死の島』に一章分（第六章）が当てられているものの、ごく簡潔な作品紹介に終わっており、その紹介も、どちらかと言えば相馬鼎という一登場人物の視点に偏した概説に止まっていて、作品世界全体の俯瞰という点では不十分と言わざるを得ない。周知のように、『死の島』の視点人物には相馬の他に萌木素子と「或る男」が設定されている。この二人はいわば相馬のネガとして設定された「暗黒意識」の持ち主であり、相馬／素子／綾子によるトライアングルとは反対のベクトルに、或る男／素子／綾子の逆トライアングルを形成する。中でも特に、名も持たず一見軽妙に描かれているかのように読まれる「或る男」のキャラクターには、ボードレール受容だけでは解析できない福永文学のもう一つの要素（おそらくロートレアモン問題）が込められているのだが、この点はすでに本書への書評という枠を外れた問題だろう。西岡亜紀の今後の福永研究における更なる充実を期待しつつ、次の課題を本書と共に考えたくなった、という筆者自身の個人的感慨である。

（東信堂、二〇〇八年刊）

# 岩津航『死の島からの旅』評

## ——画期的な〈死の島〉論

岩津航の著書『死の島からの旅』（二〇一二年）は、現在（二〇一九年三月）までのところ、福永武彦『死の島』を論じた唯一の専門研究書《モノグラフィー》である。福永についての研究書そのものは必ずしも少ないわけではない。この代表長篇についても、本格的に取り組んだ論考は、菅野昭正『小説の現在』（中央公論社、一九七四年）所収の「純粋と豊穣——福永武彦『死の島』」を嚆矢として、これまでにもいくらか書かれてきた。だが、『死の島』の全体像を十分な紙幅によって描き出した論考はこれまで他にない。

少なからぬ福永武彦論が存在するにもかかわらず、昭和文学を代表する問題作が十分に論じられてこなかったことにはおもに二つの理由がある。一つには、作品の刊行状況自体が決して恵まれたものでなかったこと。一九七六年に出た新潮文庫版は長らく絶版の状況が続き、『福永武彦全集』第十巻、十一巻（新潮社、一九八八年）で読むしかないという状態が続いていた。もっとも、講談社文芸文庫版『死の島』上・下巻が二〇一三年に出たことによって、現状はかなり改善されている。

もう一つの理由は、作品自体が複雑で、ある意味での難解さに溢れているために、一般読者にとってはもちろんのこと、専門的な研究者にとっても容易には近づき難い作品であることが考えられる。私自身、長い間『死の島』についての本格的論考をものしようと思いつつなかなか果たせないままで来た。

では、『死の島』の論じ難さとはどこにあるのか。その要因としてまず考えられるのは、本作が計七つものストーリーの断章から成っているという、作品構造の複雑さだろう。現在と過去が複雑に絡み合い、しかも過去の章が時系列にそってではなく前後に入り乱れるかたちで展開していく。さらに、視点人物が、一応の主人公と見るべき相馬鼎だけでなく、原爆の被爆者である萌木素子、それに最初は不可思議な登場人物としか見えない「或る男」と、計三名に即して語られていく。これに加えて、随時、相馬鼎が書きつつある三篇の小説が挿入されている。もっとも、こうした複雑さは現代文学ではしばしば見られることだし、熱心な読者にとってはかえって魅力でもあるわけだが、いざ論じるとなると途方もない手続きと方法が必要になることは必至だし、下手をするとかえって分かり難くするばかりかもしれない。

そういう複雑であり難解でもある、だが大いなる魅力に溢れた名作でもある『死の島』に、岩津航はどのように挑んでいるのか。その方法は、いたってシンプルかつ正攻法なもので、要するに丁寧に緻密に読むことと、先行作品に可能な限り直接当たる、ということだ。

本書は、序章、第一部（第一章〜第三章）、第二部（第四章〜第六章）、終章から成り、第一部では「小説の方法」「小説家の形成」「孤独と深淵」（『死の島』以前の作品形成）が、第二部では「『死の島』の北方性」（おもにベックリーンの絵画とシベリウスの音楽）、「橋と艀」（イメージ分析）、「死の色としての白」が論じられている。方法論的にいえば、第一部は生成研究、第二部はテーマ批評に大別されるだろう。

第一部では、まず『死の島』の問題点や作品構造が示された後、ロートレアモン、ボードレール、マラルメといった福永文学の源泉と見るべきフランス詩人たちとの関連や、ゴーギャンの絵画やジッド、ジョイス、ビュトール、フォークナーといった二十世紀（前衛）小説からの影響が細やかに示され、更に福永自身の「塔」『告別』「深淵」といった初期作品群への言及（ここでもボードレールは重要な意味をもつ）によって「プレ『死の島』」作品の形成過程が分析されている。ここまではいわば本丸に接近するための準備作業とでも呼ぶべき論述だが、それぞれの背景にある膨大な作品群を著者は丁寧に読み解くことで（あたかも福永の読書体験をそのまま追体験するかのように）、複雑に入り組んだ作品生成過程を鮮やかに示してくれる。

そうした準備作業を終えた後にくるのが「死の島というトポス」と第された第二部で、ここからいよいよ著者の論述は本質的かつ深遠な作品内部に入っていく。著者はまず、『死の島』に引用された三つの神話――ギリシャ神話のカロンの艀、北方神話『カレワラ』の「トゥオネラの白鳥」、それに『古事記』の妣《はは》の国――を解析しつつ『死の島』の世界観を解明していく。カロンの艀はベックリーンの絵画「死の島」のトポスを代表する表象であり、萌木素子が描いた絵画に通じる主題と画風を示している。これに対して、「トゥオネラの白鳥」は、フィンランドの作曲家シベリウスの音楽作品だが、その背景には北欧神話における死のイメージが潜在している。そしてこの両者、ベックリーンとシベリウスには、ともに「北方性」という共通項がある。更に、この北方性というテーマは、『古事記』の妣の国にも通じることを、『死の島』からの引用「われわれの魂がそこから生れてきた古里のような感じ」や「死の国であると共に、人間が生れる以前の自然そのもの」によって示し、総じて神話という無意識的トポスを明示的にとらえようとする作家の企みを、著者は次第に明らかにしていく。ここでは、作品中に萌木素子によって語られる浦上玉堂の日本画「雨後絶景図」についても細密な考察が行われていて、「死者の国へ赴きながらも、この世に戻ってくる道を確保しておく、という相馬に課せられた任務を象徴している」と、「橋」が相馬鼎の死との（往還可能な）関わりを象徴するのに対して、萌木素子の死との関わりは一方通行である死への舟（＝艀）によって象徴されることを著者が解明する一節は、本書の白眉と呼んで差し支えがないだろう。

本書には優れたイメージ分析が数多くあるのだが、ここでは一例だけを挙げておく。第二部第六章のうち「2　死の色としての白」の中で、著者は、相馬鼎が広島に向かう夜汽車の中で自身の創作ノートを通読する場面で、そのノートが「三分の二で終わっていて、残り三分の一が空白であるということ」に注目し、その空白に秘められた意義を考察する。これに、萌木素子が下宿先の子供のために描いた絵本『ゲンちゃんのぼうけん』もまた全体の三分の一が余白であることを重ね、ここに「カロンの船出」のイメージを読むことで「三分の一の余白は、素子の死の空白である」と解釈する。この解釈が『死の島』全体において担う意味について、著者は次のように論述する。

相馬のノートや素子の絵本の残り三分の一が空白であることと、昼過ぎから雪が振り続けるということの間には、白を媒介とした関係性を見出すことができる。白いページはそのまま広島＝死の島の雪景色に繋がり、「或る男」の彷徨する東京の大雪に合流し、素子の「内面M」における空白の数ページ〔……〕と呼応する〔……〕。それはまた、自殺を決意した数日前から、素子がアトリエにある未完作品のカンヴァスをすべて白く塗り潰した行為とも響き合っている。素子はそれを「白く塗られた墓たち」と呼ぶ〔……〕。『死の島』において、雪がもたらす白の平面は、そのまま死の色調なのである。内的独白の中断による空白の数ページは、一面に広がる雪原でもあるのだ。

鼎と素子の共に「三分の一」が余白のまま残された作品、最終場面のイメージを決定づける雪の白、白く塗られたカンヴァス、それに素子の内面の告白である「内面」の章に残された数ページの空白、さらには素子の「死」の表象である「白イ太陽」、それらをすべて統合することで、著者は「死の色としての白」の象徴性を鮮やかに描き出している。さらに著者は、別の項（「第二章　小説家の形成」）で、「この小説が物語る日付のわずか三七日後の一九五四年三月一日に、ビキニ環礁でのアメリカ合衆国による水爆実験で第五福龍丸の乗組員が被爆した、という事実」に注目し、相馬鼎が一月二三日の悪夢で見た光景が（広島の）「原爆」ではなく「水爆」とされていることから、鼎の悪夢が過去の原爆ではなく近未来における水爆の予知だった、と推察している。ここに、過去において原爆による被爆体験をもつ萌木素子と、未来における水爆を予知する相馬鼎の二人をいわば日本人の代表とすることで、「この歴史的な重みとは、『死の島』の主題を考えれば、被爆の記憶を指すのだと思われるが、さらに大きな文脈で言えば、戦争体験である。これを日本人全員の魂の傷と見なすことで、初めて福永武彦は原爆を小説に書くことができた」（第六章）と、著者は書き進めている。この論点の背景には、福永自身が一九七一年に「作者の言葉」として発表した文章中の「それ〔原爆という社会的問題〕は日本人としての魂の問題と結びつく」

という発言があるのだろう。
最後に、『死の島』解釈において最も本質的な問題と考えられる、相馬鼎の作家としての自己確立について考えておきたい。幾度もの逡巡と躊躇の結果、二人の女を死から救えなかった相馬鼎は、「終章・目覚め」において作家としての覚醒を独白するのだが、この章が意味することについて、古くから、覚醒し成長した相馬鼎が書き上げた作品こそがこの『死の島』にほかならない、という解釈があることに対して、岩津航はほぼ全面的に異議を唱えている。本書冒頭近くで、著者は明確に相馬＝福永という図式を否定しているのだ。

最もよく見られるのが、相馬鼎がやがて書くはずの小説と、福永武彦の『死の島』という小説を、混同して論じるものである。加賀乙彦は「相馬鼎の目指した小説［略］は、『死の島』において十全に果されている」と評価し、〔……〕しかし、ちょうど『失われた時を求めて』の主人公が『失われた時を求めて』を書かなかった——主人公はこの小説の最後で、ようやく「作品」が書けるようになるという確信を抱くに至るのみで、執筆には取りかからない——という意味で、相馬鼎は『死の島』を書きはしないだろう。むしろ、相馬が作中で展開する小説観がそのまま通用しないところにこそ、『死の島』の特徴があることを見なければならない。

いかにも相馬鼎には気の毒な解釈というしかないが、もちろん著者は、無根拠にこう断じているわけではない。著者によれば、一九五四年という物語の時代設定にはその当時の福永自身の限界と、「それを乗り越えたより大きな視点とが、混在している」のであり、「一九五〇年代当時の福永の限界が相馬鼎という人物に投影され、その限界を後年の作家が冷静に見つめている」ということになる。独創的でありかつ非常に説得力のある解釈だ。

しかし、この解釈には一つ大きな問題があるように、私には思われてならない。一九五四年といえば、福永は三十六歳。相馬より十歳ほど年長だ。すでに『風土』『草の花』「塔」などを完成し作家として確実に成果を上げつつあった時期で、まだ一冊の作品も完成していない作家志望の相馬青年とはまったく立場が異なる。相馬鼎がなんらかの意味で福永の過去を投影していると考えるなら、むしろさらに十年遡って、『風土』や『独身者』を書きながら思うように進まず焦燥していた青年期の自己像が相馬に反映している、とは考えられないだろうか。もちろん、そうすると今度は時代との齟齬が生じてくる。相馬青年の物語は敗戦八年後だが、福永青年は戦時中を生きていた。

この齟齬については別のところにも書いたが、福永文学全体の自伝的要素と重ねて再考する必要があると考えている。こうした齟齬は、いわば福永文学における意図的な混同(化合)と考えられるのだ。結論的な概要だけ述べるなら、相馬が「覚醒」するのは十年後ではなく二十年後のことで、その間に相馬=福永は数々の長篇短篇を書き上げて最後についに『死の島』に至った。「終章・目覚め」には「それはいつのことだったのか」と書かれ、「幾日か幾月か幾年が経った後のことだったか」と、意図的に時間が曖昧にされている。だとすれば、相馬の「覚醒」は十年後でも二十年後でもかまわないことになる。要するに、やはり相馬鼎は『死の島』を書いたのだ、という解釈を少なくとも否定し切ることはできない。

とはいえ、こうした作家/作中人物の関係についての最終的な結論というものはないだろう。解釈の可能性をどこに開いていくか、という問題が重要なのであって、私見との食い違いは本書の価値と魅力をいささかも減ずるものではない。今後のさらなる議論に拠る福永研究の深化を期待して、本稿を閉じたい。

（世界思想社、二〇一二年刊）

# 渡邊一民『福永武彦とその時代』評

昭和文学を代表する作家、福永武彦が亡くなってすでに三十五年。前衛的実験的手法や詩的文体などに魅了された同時代の読者も次第に年老いて、十分に論じられてきたとは言えない状態が続いていたが、近年、新資料や研究書の出現、代表作『死の島』の復刊といった出来事が相次いで、福永武彦研究ルネッサンスと呼ぶべき時期を迎えつつあることは、年来この作家を偏愛してきた筆者としても喜ばしいことと感じている。

ボードレール研究および翻訳を始めとするフランス文学者でもあった福永武彦の愛読者には、当然ながら、フランス文学の精髄に触れた専門家および愛好家が多いことは、早くから知られてきた。その代表として、粟津則雄（一九二七年生）、菅野昭正（一九三〇年生）、清水徹（一九三一年生）といった、敗戦を十代半ばで迎えた世代が挙げられる。福永の最初の作品「塔」が雑誌『高原』に発表された一九四六年に、彼らはいずれも思春期のさなかにあった。渡邊一民（一九三二―二〇一三年）もまた、その年代で福永文学に出会った文学少年のひとりだった。本書は、『ドレーフュス事件』などの著書で知られる碩学が、自らの青春と重なる戦後作家を描いた遺著である。

本書の大きな特徴は、福永作品の梗概に多くのページが費やされていることだが、これは、要約こそが批評の基層であることを知悉した評論家らしい選択だ。『風土』『草の花』『告別』といった福永の代表作は今日でも入手可能であり、物語のあらすじなど今さら、という読者もいるかもしれないが、あらすじを辿ることで改めて見えてくる細部というのがあるものだ。特に、梗概の合間に示される、時代との確執を踏まえた解釈は重要な示唆に富んでいる。例えば、『風土』の舞台が一九三九年に設定されていることは、それがヨーロッパで第二次世界大戦が始まった年であることは誰にでも分かるのだが、その年、作者福永武彦は二十一歳、主人公桂昌三とは約二十年の年齢差がある。ここに、渡邊一民が高く評価する横光利一（一八九八—一九四七年）『旅愁』との関連を考慮に入れるなら、桂はまさに『旅愁』の主人公たちと重なってくるのだ。しかも、「遡行的過去」の章が一九二三年に設定されているということは、執筆当時の福永自身と「過去」の主人公は同年代ということになる。つまり、福永は自らの青春とその挫折（の予感）とを、主人公に託して描いたことになる。作者と作中人物との年齢差はしばしば福永作品において重大な要素になっている。著者はそうした間テキスト的関連をふまえた上で、『風土』に登場する少年少女（福永より十歳ほど年少世代）に日本と芸術の未来を託す、という設定を理由に、『風土』を『旅愁』よりさらに一歩進めた作品と評価する。

著者にはすでに二十年ほど前に、日本近代の「知識人」たちがフランス文化に挑んだ歴史を克明に描いた著書『フランスの誘惑——近代日本精神史試論』（岩波書店、一九九五年）がある。これは、戦前から戦後にかけて、日本の知識人たちがフランス文化にどう立ち向かい、時には挫折し、また受容していったかを、豊富な資料を読み込むことで立体的に描き出した、日本近代精神史の名著と言うべき一冊だ。中でも、横光利一『旅愁』の価値は「近代の超克」論争を一歩進めた点にある、とする指摘など、今日から見ても貴重な卓見に溢れている。その『旅愁』の主題を福永が更に一歩進めたとする著者の指摘の背後には、深い洞察があると見なければならない。

本書では、「塔」『風土』から『告別』(一九六二年)までの福永作品が主に論じられているが、最後の大作『死の島』には触れられずに終わってしまった。『死の島』論の計画が著者のメモに記されていたことを、解説の宇野邦一が伝えている。直接には論じられずに終わったとはいえ、『忘却の河』『海市』『死の島』といった後期長篇小説群読解への重要な視座を開いてくれた本書が、今後の福永研究の貴重な立脚点となることは間違いない。

(みすず書房、二〇一四年刊)

# あとがき

本書は、この三十五年間にわたって断続的に書いてきた福永武彦論の集成である。よくもこれだけ長い時間がかかったものだと、我ながら呆れるばかりだが、ついに刊行まで漕ぎ着けたことについてはいささかの感慨もある。評論書としては、自身十三冊目の単著だが、詩人でなく小説家を論じたものとしては最初の一冊となった。もっとも、福永武彦は、本書に繰り返し書いているように、私にとって、小説家であると同時に詩人でもあるのだが。

いささか個人的な経緯を書かせていただきたい。最初に私が福永研究を志したきっかけは、大学院博士後期課程在学中に指導教授であった加藤林太郎先生（一九三四年―　）の示唆だった。当時、ロートレアモン研究に行き詰まりを感じ、ボードレール研究へと舵を切った私に対する、研究者の研究も怠らないように、との指導である。当時の私にとって、ボードレール研究の第一人者は福永武彦だった。福永武彦の小説については、大学生の頃に繰り返し読んだボードレール翻訳とともに、いくらか読んではいたが、これを契機に、全作品と全評論エッセイを読みついでいくことになった。もちろん楽しい読書体験だったのだが、同時に、研究の指針が定まらずに困惑したことを覚えている。

具体的に福永論を書くきっかけは、当時、研究同人誌『詩論』を一緒に運営していた畏友長野隆（一九五一—二〇〇〇年）が作ってくれた。長野は、フランス文学畑の私に、「フランス文学者であることはおまえの宿命ではない」などと強引な論法で（不思議な説得力があったのは人格的魅力の為せる技だったかも）日本文学研究へと誘導したのだった。その誘いに乗じて『詩論』に初めて書いた日本文学研究論文が、本書第二章に収めた「詩と音楽」である。

初めて書いた福永論を、関西学院大学の二十年ほど先輩でもある源高根先生（一九三一—九七年、当時大阪芸術大学教授）におそるおそるお送りしたところ、ある日、突然源先生から自宅に電話がかかってきた。ご挨拶する暇もないうちに、早口の大声で拙論への称讃の言葉が矢継ぎ早に繰り出されて、しばし呆然としたことを、つい最近のことのように覚えている。ついでに記すなら、この出会いがきっかけになって、大阪芸術大学に職を得られたことは、大いなる僥倖だった。

右に記したお三方のほかに、多くの関係者や仲間に恵まれて、福永研究をこれまで持続できたことは大変幸運だった。近年は、若い世代の研究者たちとの交流にも恵まれ、より広くまた深く福永研究に関わることができた。この数年来研究プロジェクトを共にしている、岩津航、近藤圭一、西岡亜紀の各氏にも感謝を捧げたい。

長期間にわたる逡巡の後にようやく本書を上梓する決意に至ったのは、こうした研究仲間の存在を抜きにしては考えられない。ともすれば、自力のみで「決定的」研究書をものしようという客気に駆られがちな年齢を、私自身がようやく過ぎたためでもあるが、何より、研究もまた（特に共同研究に限らずとも）共同的なものであり、単独で「すべての」答えを出す必要などさらさらないことに、今更ながら気づいたためである。本書が未だに到達し得ていない場所には、この後、必ず到達してくれる人がいることを信じ、かつ願って、その一里塚として本書を世に問う次第である。巻末に付した書評三篇は、そのための補論と解していただきたい。

先に記したように、本書は三十五年にわたって断続的に書いてきたもので、そのため、文体や用語に不統一もあるが、修正はあえて最小限の統一や訳文の変更にとどめた。

福永武彦の作品については、概ね『福永武彦全集』（新潮社、全二十巻、一九八六―八八年）に拠った。また、ボードレールの作品については、特に断りのないかぎり拙訳に拠り、テキストはプレイヤッド版『ボードレール全集』（Baudelaire : *Œuvres complètes I et II*, Pléiade, Gallimard, 1980, 1976）を用いた。

最後に、本書刊行にあたって大変ご助力をいただいた、水声社の鈴木宏氏と、編集の小泉直哉氏に深く感謝申し上げる。

二〇一九年八月

山田兼士

【初出一覧】

**フランス文学者福永武彦の冒険――「マチネ・ポエティク」から『死の島』へ**……『日本文学』第五十一巻四号、日本文学協会、二〇〇二年四月

**詩と音楽――ボードレールから福永武彦へ（1）**……『詩論』第五号、詩論社、一九八四年三月

**憂愁の詩学――ボードレールから福永武彦へ（2）**……『詩論』第六号、詩論社、一九八四年十月

**冥府の中の福永武彦――ボードレール体験からのエスキス**……『昭和文学研究』第三十一集、昭和文学会、一九九六年七月

**冥府からの展開――「廃市」『海市』そして『死の島』へ**……『河南文學』第五号、大阪芸術大学文芸学科研究室、一九九五年五月（「廃市論」を改稿）

**死のポリフォニー――引用で読む『死の島』論**……『年報・福永武彦の世界』第二号、二〇一一年三月（「馬鹿な人、相馬さん」および「『死の島』日記」を改稿）

**ポエティクvsロマネスク――中村真一郎と福永武彦**……『中村真一郎手帖』第十四号、水声社、二〇一九年四月

**西岡亜紀『福永武彦論――「純粋記憶」の生成とボードレール』評**……『日本近代文学』第八十一集、日本近代文学会、二〇〇九年

**岩津航『死の島からの旅』評**……『年報・福永武彦の世界』第五号、二〇一九年

**渡邊一民『福永武彦とその時代』評**……『週刊読書人』二〇一四年十一月十四日

## 著者について――

**山田兼士**（やまだけんじ）　一九五三年、岐阜県に生まれる。大阪芸術大学教授（フランス文学）、詩人。著書に、『ボードレール《パリの憂愁》論』（砂子屋書房、一九九一年）、『小野十三郎論』（砂子屋書房、二〇〇四年）、『ボードレールの詩学』（砂子屋書房、二〇〇五年）、『抒情の宿命・詩の行方――朔太郎・賢治・中也』（思潮社、二〇〇六年）、『百年のフランス詩――ボードレールからシュルレアリスムまで』（澪標、二〇〇九年）、『谷川俊太郎の詩学』（思潮社、二〇一〇年）、『詩の現在を読む 2007-2009』（澪標、二〇一〇年）、『萩原朔太郎《宿命》論』（澪標、二〇一四年）、『詩の翼』（響文社、二〇一七年）、詩集に、『家族の昭和』（澪標、二〇一二年）、『羽曳野』（澪標、二〇一三年）、『月光の背中』（洪水企画、二〇一六年）、『羽の音が告げたこと』（砂子屋書房、二〇一九年）、翻訳に、ボードレール『小散文詩　パリの憂愁』（思潮社、二〇一八年）などがある。

装幀——宗利淳一

# 福永武彦の詩学

二〇一九年一〇月二五日第一版第一刷印刷　二〇一九年一〇月三〇日第一版第一刷発行

著者――山田兼士

発行者――鈴木宏

発行所――株式会社水声社

東京都文京区小石川二―七―五　郵便番号一一二―〇〇〇二
電話〇三―三八一八―六〇四〇　FAX〇三―三八一八―二四三七
［編集部］横浜市港北区新吉田東一―七七―一七　郵便番号二二三―〇〇五八
電話〇四五―七一七―五三五六　FAX〇四五―七一七―五三五七
郵便振替〇〇一八〇―四―六五四一〇〇
URL : http://www.suiseisha.net

印刷・製本――精興社

ISBN978-4-8010-0450-4